現実入門

ほんとにみんなこんなことを?

穂村　弘

KOBUNSHA

光　文　社

二〇〇五年三月　光文社刊

現実入門

ほんとにみんな
こんなことを？

目次

現実だな、現実って感じ

或《あ》る夜、家に帰ると、美しい文字の手紙が届いていた。深秋の候、と始まる文章もすばらしく、何度も読み返してしまう。差出人は女性の編集者で、どうやら仕事の依頼らしい。

この世には完璧な依頼状というものがあるんだなあ、とうっとり眺めながら、こんなにきちんとした手紙を書く女性も、恋人とふたりのときは甘えたり拗《す》ねたりするのかな、と思う。あたまのなかにソファーの絵が浮かんだ。クリーム色のつやつやしたソファーである。

何故《なぜ》ソファーなのか。どうやら、私の脳内では、恋人たち＝ソファーということになっているらしい。私はこたつのある部屋とベッドのある部屋には住んだことがあるが、ソファーのある部屋には住んだことがないのに妙である。

つやつやしたソファーの上で女性編集者が恋人に甘えるところを想像しようとする

が、うまくいかない。一度もみたことのないものは浮かびようがないのだ。

私はパソコンを立ち上げて、ご依頼の件、承知しました、というメールを打ち始める。

＊

待ち合わせたイタリアン・レストランの雰囲気はよく、料理はおいしく、編集のサクマさんは手紙の通りの美しいひとだった。目がきらきらしている。

「エッセイ集『世界音痴』拝読しました」

「ありがとうございます」

「とても面白かったです」

「ありがとうございます」

「で、当社でもエッセイの連載をお願いできないかと思いまして」

「どんな感じのものでしょう？」

「『世界音痴』のなかに『人生の経験値』という文章がありますよね」

「はい」

「ほむらさんは、海外旅行も独り暮らしも結婚もされたことがなくて、人生の経験値が極端に低いという……」

「ええ。ソファーの部屋に住んだこともありません」

「凄《すご》いですね」

私はなんだか褒《ほ》められたような気持ちになって、目の前の「ポルチーニ茸《たけ》のソテー」を指して云《い》った。

「これも今日初めて食べました」

「まあ」

サクマさんはにこにこしている。私もにこにこする。

そう、私は経験値が低い。「家を買う」というような大きなことから「髪型を変える」ような小さなことまで、「万引」のような悪いことから「お年玉をあげる」ような良いことまで、現実内体験というものが大きく欠けているのだ。

帰国子女がごろごろいる上智大学の英文学科を卒業して、四十歳まで一度も海外に行ったことがないのは私くらいではないだろうか。私は外国にとても憧れているのだが、外国がこわいのである。

「人生の経験値」というエッセイでは、思いつく様々な項目を並べた「経験値リスト」によって、自分の人生を振り返ってみた。その結果、私が人並みに経験したのは「就職」と「しゃぶしゃぶ」くらいであった。

「しゃぶしゃぶ」というのは、薄い牛肉を熱湯に潜らせて食べる料理で、私は三十七歳のときに会社の上司に連れられて初めてそれを食べた。それまでは、食べ方がわからなくて行けなかったのである。「しゃぶしゃぶ」という名前もなんとなくこわかった。「しゃぶしゃぶ」の鍋のなかには塔のようなものが建っていて、柔らかい肉はおいしかった。


「で、ですね」

「あ、はい」

「今回お願いするエッセイなのですが、例えばあの『人生の経験値リスト』で未経験になっている項目を順番に体験して、それについて書いていただくというのはいかがでしょうか」

「え？」

「一種の体験エッセイとでも云いますか」

「ええっ？」

サクマさんはにこにこしている。

で、でも、あのリストで未経験の項目って「結婚」とか「家を買う」とか「子供を持つ」とか、でなければ、「入院」とか「骨折」とか……。

私は反射的に昔友達に聞いた骨折のアルバイトの話を思い出した。腕の骨を折られるアルバイトがあるのだという。骨折用の機械に腕を入れて折られるのだそうだ。

「雇い主は病院だから、その場ですぐに手当してくれるし、最新式の機械を使ってきれいに折ってくれるからくっつきやすいんだ」と友達は云っていた。

くっつきやすいって、そういう問題じゃないだろう。それに骨折用の機械？　そんなものがこの世にあるのか。驚きのあまり私の思考は乱れた。

そもそもどうしてお金を払ってまで医者がひとの骨を折りたいのか。友達の話によると、なんでもその瞬間の骨や筋肉の動きをレントゲン撮影して、医学的な研究の参考にするのだとか。確かにわざと折らなければ、採れないデータはあるだろう。だが、そんなことが許されるものなのか。

「薬品の人体実験のバイトがあるだろう。新しく開発された薬を飲んで、あとは漫画でも読みながらじっとしてるだけでお金が貰《もら》える奴。あれのもっとハイレベルなバージョンだよ」と彼は云った。

ハイレベルって云うのか、それ。それにじっとしてるだけって云ったって、じっとしてたら、腕を折られちゃうんだろう。

友達の話では一本四〇〇万円ということだったが、それって高いのか安いのか。よくわからないけど、凄く安いんじゃないか。四〇〇万だったら、いや、それでも安いような。でも、四〇〇〇万なら、いいかも。二〇〇〇万でも。じゃあ、一〇〇〇万なら……、と骨の値段が私のなかで激しく上下する。

「ほむらさん？」

「え、う、あ」

「どうでしょう？」

「いや、でも、あのリストは骨折とか……」

「あ、骨折」
「ええ」
「そういうのは嫌ですよね」
「ええ、まあ」

「ええ、まあ」どころではないのだが、サクマさんのきらきらした目をみていると、あまり強く云えなくなってしまうのだった。気が弱いのか見栄っ張りなのか、たぶん両方なのだろう。気が弱いくせに見栄っ張りだと思わぬ窮地に落ち込むことがある。普通に暮らしているだけで、いつの間にかサラ金地獄に墜《お》ちるのは、私のような性格の人間かもしれない。「見栄張って腕折られる」という格言が浮かんだ。自作である。

それにしても、私がつやつやしたソファーを思い浮かべて、うっとりしているときに、相手はこちらの骨を狙《ねら》って（？）いたのか。現実だな。現実って感じだ。わかってはいてもその手強《てごわ》さに改めて怖《おそ》れの気持ちが湧《わ》いてくる。

自分ひとりの世界での甘い空想や望みと現実との間のギャップは、これまでにも散々味わってきたのだが、どうしても慣れるということができない。それはいつでも思いがけなくて、必ずショックを受けてしまう。誰かがどこかで常に私の行動をみていて、その都度裏をかいてるんじゃないか、と思うほどだ。そんな面倒なことを一体誰が。

「ほむらさん？」
「う」
「では、献血ならどうですか」
「うーん」

骨折ほどではないが、献血も結構こわい。太い針を刺されたあと、その手でゴムボールを握らされる、という噂《うわさ》を聞いてから、すっかり怖れているのだ。針の刺さった手でゴムボールをぎゅうぎゅう握ると、バケツのなかに血がぴゅうぴゅう噴き出すのだという。

「私も一緒に、やりますから」

その言葉を聞いて、くらっと心が動く。目の前の女性と、隣同士のベッドに並んでっとりする。

血を抜かれるところを想像する。美しい女性と運命を共有するというヴィジョンにう

「うーん、では、献血なら……」

「ありがとうございます！」

サクマさんの目がきらきらしている。だが、これは恋ではない。あくまでも職業的な情熱だ、と私は自分に云い聞かせる。そうだろう、現実よ。どこかでみている誰かよ。

＊

献血ルームのドアを開けると、目の前に貼り紙があった。以下の項目に該当する方は献血はできません、という内容で、こう書かれている。

・不特定の異性と性的接触をもった方

・半年以上外国に滞在した方
・妊娠中の方
・三日以内に歯の治療を受けた方
・男性の方：男性と性的接触をもった方

はははははははは、駄目だ、駄目だ、ぼくは駄目だ。最初から駄目だったんだ。さあ取材は終わりだ。本屋で好きな本を買ってエスプレッソを飲みに行こう、と思って、サクマさんをみると、きょとんとしている。爆発的な後ろ向きの喜びが消えた。もう一度前向きに考えようとすると急に不安になる。

「不特定」の基準はどうなんだろう、と呟《つぶや》くと、サクマさんは、そうですね、と私の顔をみる。いくら顔をみても、彼女には私がどれくらい「不特定」かはわからないだろうから、これは自分で判断しなくてはならない。私は貼り紙をじっと睨《にら》みながら考える。なんだか、魔よけのお札に出逢った妖怪のようだ。

これは、おそらく「性的接触」の回数の問題ではない、とすると、人数の問題か、いや、「不特定」とは単純な人数の問題でもなさそうだ。では、愛か。愛があればいいのか。いや、愛の有無と特定不特定はまた別の概念だろう。両者は峻別《しゅんべつ》される。

愛があっても駄目なものは駄目なのだ。

くるくると考えるが、どうもわからない。わからない。考えてもわからない。わかるはずがない。こんなものは主観に過ぎないのだ。そうだ。こんなのは、これは、はじめから主観でしか測れない書き方ではないか。

「そうか、わかったぞ」と私は云った。これは「脅し」だ。

視野の隅で、受付の職員がぴくっとするのがわかる。

やはり、そうか。善意で献血にきて、何故、いきなり「脅し」をかけられねばならないのか、とむっとする。だが、考えてみると、献血者の善意を頼みつつ、一方で「脅し」もかけねばならない献血ルーム側の気持ちもわかる。

献血ルームは云っているのだ。きれいな血は欲しい、でも少しでも汚れている可能性のある血は要らないよ、と。

現実だな、と私は思う。現実って感じだ。

美しいドラえもん

貼り紙の怖ろしい呪縛《じゅばく》をなんとか破って、私たちは先へ進んだ。待合室に入ると、ビニールの長椅子《いす》に腰掛けているのは、ジャンパー姿のおじさんばかりだ。おおっ、こういう客層（？）なのか、とちょっと驚く。おじさんたちは自宅の居間にいるかのようにくつろいでいる。どんな場所にも必ず発生する「常連さん」なのだろう。

献血初体験で緊張気味の私と編集者としての職業意識に包まれたサクマさんは、明らかに場違いな二人組である。普通のひとが人生のなかで普通に経験していることを、普通以下のひきこもり型の人間（私だ）が初めて経験してみて感想文を書く、という企画依頼を受けたのはいいが、実際に現場に来るとやはり自分だけが邪念のオーラに包まれているようで気が引ける。

だが、まあ、動機はどうあれ、血を提供することに変わりないと考えることにする。それにおじさんたちも必ずしも福祉精神に燃えているわけでもなさそうだ。

「常連さん」の顔ぶれをざっとみたところ、あんまりおいしそうな血のひとはいない。いや、そういう問題ではないのか。吸血鬼じゃないんだから、おいしそうとかおいしくなさそうとかは関係ないのだった。しかしなんとなくヤニ臭そうな印象は否めない。煙草《たばこ》こそ吸わないものの、血のおいしさという点では、私だってひとのことは云えたものではない。去年の健康診断では血中の中性脂肪値が危険域との指摘を受けた。毎晩の菓子パン食いと運動不足のためと思われる。どろどろの血のせいなのか、私の動作はいつも鈍く、顔には氷砂糖のかけらほどの目ヤニがくっつき、おまけにひどい寝ぐせだ。

輸血によって命が助かったひとに「この方があなたに血を下さったんですよ」と云いながら看護婦さんが血液提供者の顔写真をみせる、というシステムじゃなくてよかった。

そう云ってみせられたのが、サクマさんの写真だったら、おお、お嬢さん、大切な血をありがとう、お嬢さんの血と一緒に助けられた命の時間を大切に生きてゆきます、と心から感謝できるだろう。

だが、みせられたのが目ヤニ寝ぐせのおじさんの写真だったら、どうだろう。むむ、ありがとう、おかげで助かりました、とあたまを下げつつ、このひとの血が私のなかに、と思ってちょっと複雑な気分にならないだろうか。背に腹は代えられぬ、とか、バナナで釘を打つ、とか、諺《ことわざ》が浮かぶかもしれない。

昔読んだ村上春樹《むらかみはるき》の小説のなかで、誰の血がおいしそうか、と訊《き》かれた吸血鬼が、岸本加世子《きしもとかよこ》、と答える場面があったのを思い出す。一九八〇年代の岸本加世子の血、新鮮でおいしそうだ。

私と同様に顔写真見せシステム向きでないおじさんたちは、放心したような表情を浮かべて新聞や雑誌を読み、ときおりテーブルのお菓子をつまんでいる。籠《かご》から自由に取っていいのだ。なかを覗《のぞ》いてみる。

・不二家《ふじや》ホームパイ
・不二家カントリーマアム
・ブルボンホワイトロリータ
・歌舞伎揚《かぶきあげ》

不思議な納得感のあるラインナップである。どのひとつをとっても、テレンス・コンラン卿がセレクトしたかのように献血ルームの待合室にぴったりとはまっている。敢《あ》えてここにもうひとつお菓子を付け加えろと云われたら、と考えてみる。森永《もりなが》エンゼルパイか？

「ご記入をお願いします」と目の前に書類を出されて、エンゼルパイのことを考えていた私は、びくっとする。

渡された書類に住所氏名などの必要事項を書き込んでゆくうちに、

・ＨＴＬＶ－Ｉ抗体検査結果に異常が認められた場合、通知を希望されますか

というのが出てきて、こわい気持ちになる。「ＨＴＬＶ－Ｉ」とは何か。「ヒトＴリンパ球向性ウイルスＩ型」のことである。全然わからない。

注意書きによると、「古くから普通に存在してきたウイルスで「ＨＩＶ」（エイズウイルス）とは全く関係ありません」とのことだが、なんとなく釈然としない。

少なくとも私はそんなものが「古くから普通に存在してきた」ことを全く知らなかった。本当に「古くから普通に存在してきた」ものなら、その検査結果の通知を希望するか希望しないか、わざわざ訊くのはどうしてなのか。結果を知らない方がいい可能性があるとしか思えないではないか。不安なあたまがくるくると回り始める。

「納豆」は日本に古くから普通に存在してきた食べ物で、にちゃにちゃと粘り気のある糸を引いて異臭を発しますが、腐った豆とは全く関係ありません。希望しますか？

あらぬことを考えながら、私の手は止まったままだ。検査結果の通知を「希望する」のはなんだかこわい。だが、「希望しない」のもやっぱりこわい。どちらかと云えば「希望しない」方が決意を要する気がする。

私は今日まで決意や決断というものを極力避けて生きてきたのだ。そのために四十歳の今も『ドラえもん』ののび太のようなつるんとした顔をしている。子供顔というか、ニュアンスの乏しい顔というか、顔面から読みとれる情報量が極めて少ないのだ。四十年間決断を避けてきた人間の顔からは、そのひとが生きてきた時間の痕跡を読みとることが難しい。

それに比べて、昔の文豪や政治家や職人の写真などをみると、髭《ひげ》、眉毛《まゆげ》、皺《しわ》、口元、眼光等々、ひとりひとりが実に情報量の多い顔をしている。あれは家長として男として人間として多くの苦しい決断を為してきた証《あかし》ではないだろうか。困ったことや辛いことに出逢うたびに「助けてよ、ドラえも〜ん」を繰り返すだけののび太の顔に、そのような刻印は望むべくもないのである。彼にあるのは、えへへという嬉《うれ》しそうな顔か泣きっ面《つら》のどちらかだ。

のび太顔だがネコ型ロボットをもっていない私は、ドラえもんの代わりにサクマさんにすがるような目を向けた。サクマさんはきっぱりと「希望する」に○をつけている。私もほっとしながら「希望する」に○をする。これでまたひとつ、こわい決断を避けることができた。また一歩、真ののび太に近づいた。

書類を書き上げてぼんやりしていると、サクマさんが紙コップの珈琲《コーヒー》をもってきてくれる。待合室にはお菓子の他《ほか》に、無料の飲み物の自動販売機、漫画本（『ガラスの仮面』、『シティハンター』、『ぼくの地球を守って』他）、パズルなどが置いてあるのだ。壁には記念日フォトコーナーというものがあり、誕生日、合格記念、初回献血、結婚記念等の皆さんの笑顔が散らばっている。その横には「第一回献血俳句コンテスト」のポスターが貼られている。選考委員は黛《まゆずみ》まどかだ。

私は机上に置かれた「なんでもノート」をぱらぱらとめくってみる。せっかく来たのに体調のせいで献血できなくて悔しかった、という内容の書き込みがいちばん多い。そうか、献血ってけっこう狭き門なんだ、と認識を改める。カラフルなイラストに混ざって、不思議な書き込みも目につく。

ナオちゃんもムーもケイみょんも、

血管が細くてなかなか針が刺さりませんでした。

次回はもっと血管を太くしておきます。

フラメンコを愛する一同より。


よくわからないのだが、私の知らないところで、善意のシュールな人々が活躍しているらしい。オーレィ？

次に私たちは「資格検査」のために少しだけ血を抜かれる。血液型とか比重とかをまず調べるらしい。味見だな、と思う。味見役の吸血鬼がひと口ずつ血を嘗《な》めながら、「A型」とか「B型」とか「薄い」とか「デリシャス！」とか云っているところを想像する。検査の結果、私は黄色の、サクマさんは白色の腕輪を手首に巻かれる。色の違いは味の良し悪《あ》しではなくて血液型による。私はA型、サクマさんはB型だ。

それからひとりずつ面接室に呼ばれて、おばあさんのお医者さんに簡単な問診を受ける。不特定の異性関係を追及されるかと思ったが、何も云われなかった。目をみればわかります。あなたはきれいな目をしている、躰《からだ》はどんなに穢《けが》れてもあなたの心は清純です、とおばあさんの瞳は語っていた。

いったん待合室に戻ると、さっきまでと様子が変わっている。ジャンパー姿のおじさんたちの姿が消え、いつのまにか、若いカップルが増えているのだ。そうか、恋人同士で献血に来るっていうパターンがあるんだ、と感心する。

私の隣では十代らしい男女がぴたりとくっついて手を握り合っている。大丈夫、痛くないよ。ほんと？　うん。うそ。嘘《うそ》じゃないよ。ほんと？　うん、ちくってするだけさ。ちくって？　うん。いたい？　痛くないよ。うそ。本当さ。ほんと？　聞いているうちに、だんだん寄り目になってくる。

とうとう私の番だ。名前を呼ばれて献血室に入る。靴のままあがってくださいと云われて、深い寝椅子にすっぽりと嵌《はま》り込む。目の前のテレビには女子駅伝が映っている。普段なら喜んで観戦するところだが、献血しながらみるものとしては寒そうで苦しそうでいまひとつだ。私は『ピノキオ』がみたい。コオロギが「星に願いを」を歌うところがみたいのだ。でも、献血ルームのお姉さんに向かって、ぼくの血を抜きたければ『ピノキオ』をみせろ、コオロギが歌う場面だ、なんて云ったりはしない。そんなことを云うひとはわがままだ。

イソジンの脱脂綿で腕を拭《ふ》かれながら、「ほむらさんは四〇〇ccですから、十五分ほどかかります」と云われる。はい、わかりました。ちくっとしますよー、と云われて、ちくっとした後は何もすることがない。血を抜かれている感覚は全くない。ほんとに抜かれてるのかな。

途中で、これを握ってください、とゴム製の星を渡される。針の刺さった手でものを握るのはなんとも気持ちが悪いのだが、我慢して握る。ぎゅっ、ぎゅっ、ぎゅっ、ぎゅっ。はい、いいですよ、と云われて針を抜かれ、最後に血圧を測られて終了である。あっけない。

終わった実感がないまま、寝椅子に塡《はま》ってぼんやりしていると、これ、今、いただいた分です、と律儀にもビニール袋をみせられる。茶色いですね、と云うと、そうみえるけど中身は赤いんですよ、と云われる。そうか、中身は赤いのか。

外に出ると、あたりの景色が違ってみえる。氷のように冷たい雨が降っているのに気分は明るい。いつもラブホテル帰りに通るのと同じ道なのに、そういうときの何となく後ろめたい気持ちとは違っている。自分が確かにひとの役に立つことをした、という実感のせいだろうか。思い返しても、確かにひとの役に立つことをした記憶などほとんどない。

私はカップルで献血に来る恋人たちの気持ちがなんとなくわかる気がした。このポジティヴな実感を共有することで、ふたりの間のシンパシーが増すのだろう。

僕たちの血、今ごろどうしてるかな？　と男の子が云う。暗いところで凍ってるよ、きっと、と女の子は呟く。僕の血、誰のなかに入るんだろう、可愛い女の子だといいな。ぺちん。痛っ、何すんだよ。だって、可愛い女の子って……。浮気じゃないよ、人助けじゃん。ぺちん。痛っ、ぺちんぺちん。痛っ痛っ。

恋人たちにとって、シンパシーの共有とその増大以上の喜びはない。だが、我々は違う。愛し合っているカップルではなく、物書きと編集者のコンビなのだ。従って、ぺちんぺちんは行われない。

私たちは雨の交差点で信号を待っている。取材は終わった筈《はず》なのに、サクマさんはどこか緊張した様子で立っている。そう云えば、以前、一度だけ献血をしたとき、貧血で倒れたと云っていた。今日はおそらく仕事ということで無理をしたのだろう。もう少し休んでから歩き出すべきだった。大丈夫かな、と思った瞬間に、サクマさんが倒れるイメージが脳裏に浮かぶ。ゆっくりと回転するようにその場に崩れ、手から離れた傘が車道に転がる。だが、目の前の、現実の彼女は倒れない。心なしか青ざめた表情で傘のなかから車の流れをみている。汝《なんじ》、美しいドラえもんよ。

〈生活〉というすのろがいなければ

「献血」に続く初体験企画の第二弾は「モデルルーム見学」である。

今回も先方には取材とは断っていない。リアルな体験をさせて貰うために、本物の客の振りをして行くのだ。私とサクマさんは秋に結婚する予定の婚約者同士で、新居の購入を検討中ということになっている。

私たちは雨のなかを電車で恵比寿《えびす》に向かう。駅を降りたときには、あたりはすっかり暗くなっていた。そのなかを目的のモデルルームを目指して歩き始める。歩き出してすぐに体が冷え切ってしまう。とても寒い。東京よりもニューヨークやパリの方がずっと寒いというのは本当なのだろうか。これよりも寒いところで、人々がアメリカン・パーティ・ジョークを云ったり、パリジェンヌがエスプレッソを飲んだりしているなんて、私には想像できない。

雨はだんだん激しくなってくるようだ。傘を差してもほとんど効果がない。二十一世紀になっても、人類の雨に対する対抗手段は相変わらず傘なんだな、と思う。そういえば近未来を舞台にした映画『ブレードランナー』でも、人々は傘を差していた。彼らの傘は柄のところが発光していたが、あれはどういうことだったのか、なにか意味があるのだろうか、それともなんとなく「未来」という雰囲気を作ろうとしただけなのか。傘の柄の輝く「未来」。

路面がぬらぬらと黒く光っている。うっかり水たまりを踏んだとたんに、靴のなかがぐじゅっと音をたてる。水が入ったのだ。小さく、しかしくっきりと絶望的な気持ちになる。いったん水が入ってしまったら、入っていなかったときの安らかな世界には戻らない。それからあとは、ぐじゅっ、ぐじゅっ、ぐじゅっ、と歩いてゆく。

私以外の人間も、靴のなかに水が入ってしまって、足をぐじゅっ、ぐじゅっと鳴らしながら歩くことがあるだろうか。ないはずがない、と思いながら、どうも想像ができない。私には想像力がないのかもしれない。

靴のなかがぐじゅぐじゅになったとき、みんなはどんな風に気持ちを立て直しているのか。木村拓哉《きむらたくや》なら、どうか。高倉健《たかくらけん》なら、どうか。ニューヨーカーなら、どうか。パリジェンヌなら、どうか。わからない。ただ考えれば考えるほど、自分はそのどれでもない、という気がする。私はほむらひろし。パリジェンヌではない。

モデルルームは思いのほか遠いようだ。ぐじゅっ、ぐじゅっと歩いているうちに、不安な気分に包まれてゆく。実は、私はモデルルームに行くのは初めてではない。七年ほど前に一度だけ、恋人と部屋をみに行ったことがあるのだ。私たちは結婚するつもりで、一緒に生活する部屋を探しに行ったのだった。そのときの恐怖が甦《よみがえ》る。何故あんな恐怖に襲われたのか。私たちは十年間つきあった恋人同士だった。私たちは音楽や本や映画の好みがよく似ていた。私たちは一度も喧嘩《けんか》らしい喧嘩をしたことがなかった。

そういう恋人たちについて、以前、こんな風に書いたことがある。

恋人同士の組み合わせには二種類あると思う。
似ているふたりと似ていないふたりだ。
似ているふたりの組み合わせは、いっしょに楽しいことをするのに向いている。
同じ音楽をきいて、同じ景色をみて、いちいち言葉にしなくても、
微妙なところで深く共鳴することができる。
それはとても甘美なことだ。

あれは、いつだったか、
車のドアを開けて助手席に乗り込んできたひとが、
運転席の私と同じ曲の同じフレーズを口ずさんでいたことがあった。
心のシンクロ率とは、どこまで高まることができるのだろう。

（『求愛瞳孔反射』あとがきより）

私が一緒にモデルルームをみに行った相手が「同じフレーズを口ずさんでいた」ひとである。「似ているふたり」とは、まさに私たち自身のことだった。引用した文章は次のように続く。

だが、いいことばかりではない。
似ているふたりは苦手なことも似ているので、
現実の苦労を共にするとき、意外にもろい一面がある。

あのとき、モデルルームを見学しながら私は思っていた。ここにベッドを置いて、こっちに本棚を置く、いや、こっちの方がいいかな。毎朝、ここからふたりで会社に通うんだなあ、ゴミはどっちが出すんだろう。

そんなことを考えているうちに、怖くてたまらなくなった。ああ、これからここでお互いに減点し合うんだな、と直観したのだった。

そう、「似ているふたりは苦手なことも似ている」のだ。そして、私たちはふたりとも生活を苦手としていた。週末のレイトショーで観《み》た映画の感想を真夜中のカフェで語り合うとき、私たちはお互いにとても優しくなれた。だが、どちらが御飯を作り、どちらが皿を洗い、どちらがゴミを出すのか、という問題に直面したとき、優しいふたりはいったいどうなってしまうだろう。

一緒にモデルルームをみに行って、しばらくのちに私たちは別れた。私は生活という「現実の苦労」を共にする前にしっぽを巻いたのだった。「同じフレーズ」のひとは、やがて別の相手と結婚した。今ではお母さんになって、立派に生活をこなしているらしい。夫になったひとは、おそらく苦手なことが異なるタイプだったのだろう。全ては組み合わせの問題なのだ。

私も生活を厭《いと》わないタイプのひととなら結婚生活が送れるかもしれない、と考えてみる。いや、「生活を厭う」などという感覚がそもそも贅沢《ぜいたく》なのだ。昭和一桁《ひとけた》生まれの私の父親は「やるべきことをやってから文句を云え」が口癖である。貴族でもない一般庶民のなかに「ゴミを出すのが苦手」などという感覚が芽生えたのは、私たちが学生だった一九八〇年代のことだろう。

当時流行った、佐野元春《さのもとはる》の歌にこんなフレーズがあったことを思い出す。

もう他人同士じゃないぜ
あなたと暮らしていきたい
〈生活〉といううすのろがいなければ

（『情けない週末』より）

私が生活とか人生とかいうものにもっとも近づいたのは、モデルルームをみに行ったあのときだった、と今にして思う。だが、私はそこから逃げ出した。そして元恋人が母親になって子育てを始めた頃、何冊かの本を書き、今も独身のまま、今夜は編集者の女性と婚約者同士という設定でモデルルームを取材に来ている。なんだか、とても遠いところへ来たように感じる。

前方にモデルルームの灯《あか》りがみえてくる。一瞬、ほっとして、でも、すぐに新たな不安に襲われる。靴を脱いであがらなくてはならないことに気づいたのだ。美しい部屋に、このぐじゅぐじゅの足であがるのはまずい。だが、あそこに入るなり、足がぐじゅぐじゅなので雑巾《ぞうきん》を貸してください、と云えるだろうか。そんな勇気はない。自分が本物の客ではないという負い目も関係しているのかもしれない。本物ではないうえに足がぐじゅぐじゅだとばれたらどうなってしまうだろう。

部屋の灯りが近づいてくる。どうしよう。私はいつも曖昧《あいまい》な態度でいるうちに事態がなんとなくうまく収まってくれることを願っている。おそらくそれはぐじゅぐじゅの足で平然とあがるよりも、ずっと悪いことなのだ。足を縦にして、とっとっとっと変な歩き方（そんなことをしてもどうせ床は汚れるのだ）をして、願わくは誰にも気づかれませんように、とびくびくする。そんな生き方はいけない。とっとっとっとはいけない。今夜こそ、云うぞ、雑巾貸してください、と。

私たちは玄関に到着した。歓迎の声に迎えられる。「雑巾貸してください」と云うはずの私は無言で目の前のスリッパをみつめる。そうか、スリッパか。こいつの存在を忘れていた。ほっとしながら、無言で足を差し込む。ぐじゅっ、という感触。罪悪感。

私たちを案内してくれるのは百戦錬磨のやり手という印象の、お姉さんおばさんである。いちおう「旦那《だんな》さん」である私に向かって、きびきびした口調で部屋の間取りや設備のすばらしさを次々に説明してくれる。

だが、私のあたまに入ったのは五〇〇〇万円という値段だけだ。あとはまったく理解できない。いや、ベッドの存在だけが妙に気になる。ここに住んだらここでセックスするんだなあ、と思いながら、大きなベッドをみつめる。他に何も考えられない。以前、恋人と来たときは、少なくとも、そこで生活するふたりを思い浮かべて怯《おび》えるだけの想像力があった。だが、今回は何もあたまに浮かばない。大丈夫なのか、自分。まともな暮らしというものからそんなにも遠ざかってしまったのだろうか。これでは取材にならない。

私がメモも取らずに、ベッドをみつめてぼーっとしているだけなので、みかねたサクマさんが鋭い質問をお姉さんおばさんに浴びせる。「犬は飼えますか」「裏が川ですけど、夏に蚊が出たりしませんか」。

こんなに寒いのに「夏の蚊」のことを思いつくなんて凄い、と私は心から感心する。そうか、ここに住んだら夏もここに住むんだ。

だが、さすがに鍛えぬかれたお姉さんおばさんは「はい、三匹まで飼えます。ペットクラブもありますよ」とか「川は『流れてる』ことが重要なんです。この川はちゃんと『流れてる』川ですから臭《にお》いや虫の心配はいりません」とか即答する。どのような質問にも過去に何度も答えたことがあるという風情だ。さあ、他にないですか、どんどん訊いてごらんなさい、いつなんどき誰の挑戦でも受けますよ、というアントニオ猪木《いのき》な瞳の輝き。

自分も何か云わなくてはとあせった私は「あの、これはダブルベッドですよね」と口走る。お姉さんおばさんは一瞬ひるんで「あ、はい」と短く応《こた》えたあと、全ての説明の矛先をサクマさんに向けるようになった。こいつは駄目だ、と瞬時に判断したのだろう。さすがである。

お姉さんおばさんとサクマさんの鋭いやりとりがさらに続く。そのなかに「バスルームのドアがガラス張りなのはどうしてですか」という問いかけがあった。私は漠然とエッチな理由を想像した。だが、答は「同居されているお年寄りが倒れたりしたときに外からすぐにわかるようにです」だった。私は心のなかで、ごめんなさいごめんなさいごめんなさい、と叫んでいた。「現実の生活」というカタマリの重みに襲われて悲鳴をあげたのだった。

私はふらふらになってモデルルームをあとにした。その後、暖かいカフェに入って簡単な食事を摂《と》っていると、少しずつ落ち着いた気持ちが戻ってくる。さっきまでお姉さんおばさんの前でおどおどしていた私は急に饒舌《じょうぜつ》になり、あそこに住んだら夏もあそこに住むんだね、とか、僕たち本物の婚約者同士にみえたかな、とか、昔の恋人がお母さんになると取り残された気持ちになるんだよ、とか、エスプレッソもういっぱい飲んでもいい？　とか口走る。

　モデルルームで貰ってきたパンフレットを改めて眺めると、外国人の女性がパンを口にくわえたまま自転車に乗っている写真が表紙になっている。一瞬、妙な写真だな、と思ってから、すぐに納得する。「外国人の女性」が「パンを口にくわえたまま自転車に乗っている」というのは、つまり「生活感のない生活」を象徴しているのだろう。これがべたべたの生活写真では駄目なのだ。なんだ、俺だけじゃないじゃん、と思う。やはりみんな本物の生活のカタマリは怖ろしいのだ。弱虫。

　家に帰ってから、古いカセットテープを引っ張り出してかけてみた。佐野元春のあの曲だ。

もう他人同士じゃないぜ
あなたと暮らしていきたい
〈生活〉といううすのろを乗り越えて

（『情けない週末』より）

この歌、こんなエンディングだったんだ。初めて知ったよ。〈生活〉といううすのろを乗り越えて。でも、もう遅いんだ。何が。いや。何でもない。

雑誌の取材でモデルルームを見学に行くと云ったとき、一度でも物件をみに行くともの凄くしつこい勧誘攻勢があるぞ、と友人たちに脅かされた。だが、その後、私のところへは誰からも何の連絡もない。

にわかには信じがたいでしょうが

「次は何にしましょう」と編集のサクマさんは云った。

「そうですね」と私は云った。

「占い、なんかどうですか」

「あ、いいですね」

「手相とか姓名判断とか」

「占星術とかタロットカードとか」

「ほむらさん、何か占って欲しいことはありますか」

「えーと、よく頭痛がするので、健康が心配です。あと、会社をやめようかどうしようか迷ってるんです。あと、男女交際のことも。それに僕、今年、厄年なんです」

「そういうことを、いろいろ占ってもらいましょう」

「はい」

「恋人同士ということにして、ふたりの相性をみてもらうのも面白いかもしれませんね」

「あ、はい」

前回、サクマさんと私は、この秋に結婚する婚約者同士という設定で、一緒にモデルルームをみに行った。今度はふたりで相性占いか。何度もそんなことをして大丈夫だろうか、と心配になる。

人間は暗示にかかりやすい生き物である。お芝居などで恋人同士を演じた役者たちが本当の恋人になるということがよくある。三浦友和《みうらともかず》と山口百恵《やまぐちももえ》。郷《ごう》ひろみと松田聖子《まつだせいこ》。いくらこれは仕事だと、頭でわかっていても、心が燃えあがってしまうのだ。

サクマさんと私の間にも、本当の恋が生まれたりしないだろうか。もしもそうなったら、連載を単行本化するときのタイトルは『瓢簞《ひょうたん》から駒《こま》』がいいかもしれないな。結婚式には、前回のモデルルームのお姉さんおばさんとか今回の占い師さんを招待して、みんなにスピーチをして貰おう。

「モデルルームをご覧になっているおふたりはとっても仲がよくて、どこからみても本物の恋人同士のようでした。おかげですっかりだまされてしまいました（笑）。新居には、本当に○○不動産の家を買ってくださいね、どうぞお幸せに（拍手）」

「ほむらさん？」

「え、う」

「取材の日はいつにしましょうか」

「あ」

私は鞄《かばん》のなかから、ごそごそとシステム手帳をひっぱりだす。

＊

「占いの館《やかた》」の重いドアを開けると、花の匂いがした。

「いらっしゃいませ」と受付の女性が微笑《ほほえ》む。部屋全体は何かのサロンのようだ。なんとなくおどろおどろしくすさんだ雰囲気を想像していたので、意外な気がする。

「今日は何にいたしましょう？」

「あの、手相を」

「おひとりずつになさいますか、それともおふたりでご一緒に？」

「ふたりでお願いします」

「わかりました。では、まず、こちらのカルテにご記入ください」

カルテ？　と思いながら渡された用紙をみると、住所、氏名、年齢、さらには職業、既婚か未婚か、などの項目がある。でも、これって客に訊くもんじゃなくて「当てる」もんなんじゃないのかな？　と訝《いぶか》しく思いながらも記入を進める。

それから、私たちは待合室に通される。やはり小綺麗な空間だ。ソファーに座って傍らの小冊子を手にとってみる。ページを開くと、いきなり誰かと誰かが会話をしている。


「手相ってどうしてこんなに当たるの!?」

「それはね、あなたの遺伝子（ＤＮＡ）が、手のひらの相にあらわれているからなのよ。だから、手相には宇宙の神秘が宿っているの」

うむ、と思う。次のページには、占い師たちの名前と顔写真と得意技が並んでいる。

「桜井ルミコ」……きめ細やかなフォローで人気急上昇！　一緒に幸せをつかみましょう。（手相、印相、ジプシー占い、ダイス占術、名刺鑑定、言霊数霊姓名判断）

「六甲太郎」……弘法大師《こうぼうだいし》秘伝の密教占星術で、個人の人生のバイオリズムなどアドバイス。人生の岐路に立たされた時に。（手相、気学、数霊術、姓名判断、印相鑑定、カバラ）

「カトリィヌ長谷川」……幅広い年齢層に人気。知識と経験を生かした鑑定には定評あり。（気学、ダイス占術、手相）

「カンタベリーのぶこ」……手相、気学をおりまぜて、総合的に鑑定いたします。あなたに一番あった方法で、占います。リピーターが後をたちません。（手相、気学、言霊数霊姓名判断）

どうやら、ほとんどの占い師が複数の技を身につけているようだ。にっこり笑った写真は、「東武《とうぶ》動物公園」や「らぽ〜れ健康ランド」の吊り広告に載っている「特別ショー」の歌手や漫才師を思わせる。

しかし「カトリィヌ長谷川」とか「カンタベリーのぶこ」とかのネーミングセンスはいかがなものか、と思いながら、ページをめくる。

「サマルカンド遼」「マリリン」「ポーラスター・ミカ」「アメンホテップ岡田」「月照ムーンバット」「ジョウ壇」

い、いかがなものか、と心のなかで繰り返しながら、さらにページをめくる。

「虎夢完（どらむかん）」「図子鶏多（ずっこけいた）」「ジャッキー地縁子（ちえんこ）」「宝塚慈円奴（たからづかじえんぬ）」

軽い乗り物酔いのような症状を感じて、私は目を閉じる。遺伝的に三半規管が弱いのだ。

そのとき、受付のお姉さんの声がした。

「お待たせしました。こちらが今日の鑑定士、マツダナオユキ先生です」

おお、普通の名前だ。苗字《みようじ》があって名前がある。ネクタイをきちんと締めたマツダ先生は、みた目も普通のサラリーマンのようだ。「ジャッキー地縁子」先生や「宝塚慈円奴」先生でなくてほっとしたような、ちょっと残念なような。

「よろしくお願いします」と私は云った。
「よろしくお願いします」と先生は云った。

それから、私たちは個室に案内された。机の上にはハート形のキャンドルが置かれている。先生は、私の手をとるなり、驚いたように「いい手相ですね」と云った。「そ、そうですか」と云うと、先生は無言で目を細めてうんうんと頷《うなず》いている。みんなに同じことをやってるんじゃないの？　と万人に思わせる胡散臭《うさんくさ》さである。

それから手相のスケッチを始めた。さかさまからみて描けるなんて凄いな、と思う。

「体が丈夫でしょう？」
「いえ、頭痛がひどくって……」
「家庭的な方ですね？」

「え、うーん」

家庭的な人間が四十二歳まで独身でいるだろうか？　カルテに書いたじゃないですか。

「指が長いですね」

「ええっ？」

私の指はぜんぜん長くない。はっきり云って短い方だ。女の子と手を合わせても長さでは負けることが多い。目でみてわかることまで間違えてどうする？

こちらの気持ちが伝わったのか、先生の口調がだんだんしどろもどろになって、しまいには「にわかには信じがたいでしょうが」を連発し始める。

「にわかには信じがたいでしょうが、来年が盛運期です」

「にわかには信じがたいでしょうが、職人気質《かたぎ》です」

「にわかには信じがたいでしょうが、指が長いです」

サクマさんと私は心のなかで顔を見合わせた。（あちゃあ）と云う声が聞こえる。彼女の心の声が聞こえるなんて、やはり私たちの心は通い合い始めている。郷・松田現象が進行しているのだ。それはいいのだが、取材的にはこれでは困る。

一連の会話の最後に、彼が唯一自信をもって断言したのが以下の部分である。

「今年、厄年なんですけど、大丈夫でしょうか？」

「飛躍のヤク年だと思ってください」

これは駄目だね（そうですね、とサクマさんの心の声）。このままではふたりの相性にはたどり着きそうもないよ（ええ、どんどん話がずれていきそう）。でも、もうちょっとだけ様子をみようか（みましょうか）。それで駄目なら別の占い師をあたろう（そうしましょう）。

次はサクマさんの番である。彼女の手相についての先生の意見をまとめると以下のようになる。

「指が俵のようにふっくらしてますね。これは俵指といって一生食うに困りません」

「小指が長いので子宝にも恵まれます」

「ダンナさんを出世させる相です。いつも笑顔でいてくださいね。そうすればダンナは出世します」


なんだかなあ、というこちらの雰囲気を察知してか、「料金外なのですが、特別にこのパソコンを使って占星術のサービスをしましょう」と云ってくれる。

サクマさんとの心のなかでの合意に基づいて、「今日は時間がないので結構です」と云うと、残念そうに「では、おふたりにこちらをサービスします」と云って本を二冊くれた。『どこまでも強運』と『宇宙からの強運』、それぞれ定価一〇〇〇円である。

マツダ先生の占いの成分（？）は以下のような感じだな、と思う。

・手相の絵をさかさまから描く
・診断結果を手書きで書いてくれる
・料金外の占星術をプラスする
・おまけに本をくれる

これらはすべて「こちら側」というか普通の世界のサービスである。だが、我々が三〇〇〇円という料金に対して期待しているものは、もっと特殊な「あちら側」の何か、別世界の力のようなものなのだ。

「こちら側」のサービスを積み上げれば積み上げるほど、「あちら側」の説得力は遠ざかってゆくのではないか。手書きの手相と診断結果、それにおまけの占星術と一〇〇〇円の本も貰ったから、全部足すとまあ元はとれたね、とは誰も思わないだろう。我々が求めているのは、そういう普通の足し算を超えた掛け算の世界なのだ。

レジでお金を払ったあと、受付の女性が「よろしかったら、こちらのアンケートをお願いします」と紙を渡してくれる。「お気づきの点がありましたらご記入くださ い」か。うーん、最後まで「こちら側」だ。

「占いの館」を出て歩きながら、サクマさんが云った。
「ほむらさん、原稿、書けそうですか？」
「うーん」
「では、もう一軒行きましょう」

今度は道端でお店を出している占い師にしよう、ということになる。だが、普段はよくみかけるような気がするのに、いざ探そうとするとなかなかみつからない。

「ちょっと訊いてきます」と云って、サクマさんはつかつかと交番に入っていった。

ええっ、とちょっと驚く。おまわりさんに訊いてわかるのか。占いって合法なのか。さっきまではあんなに心が通い合っていたのに、今は取り残された気分で、私はサクマさんの帰りをぼんやり待っている。

りそな姫

占い師の居場所を尋ねにいったサクマさんが交番から戻ってきた。

「教えてくれました。りそな銀行の裏にいるそうです」

「へえ、有名なひと？」

「りそな姫って云って、有名らしいです」

「りそな姫……」

でも、と私は思う。あさひ銀行と大和《だいわ》銀行が合併してりそな銀行になったのは、ついこの間のことじゃなかったか？　りそな姫は、それまではあさひ姫、さらにその前は協和《きょうわ》埼玉《さいたま》姫だったのだろうか。

「手相だけじゃなくて、顔相とか生まれた日とかいろいろな要素から総合的にみてくれるそうです。芸能人とか東京ディズニーランドの社長もお客さんになっているとか」

「へえ……」

ディズニーランドの社長といえば……あいつか？　私はミッキーマウスが大きな手を広げて、手相を観て貰っているところを想像する。

りそな姫の「店」は大きなパラソルの下に小さな椅子をひとつ置いただけの、シンプルというよりはボロいものだった。若い女性客がひとり座っている。その周りを数人のひとびとが取り巻いていた。全員お客さんだろうか？　一列になっているわけではないので、どこに並んでいいのか、よくわからない。

私たちがおそるおそる近づいてゆくと、お客に何事かを耳打ちしていたりそな姫（六十代くらいか）が、突然くるっとこちらを向いて「こーれ、なーめて待っててな」といきなりアメをくれる。チェルシーのヨーグルト味である。

スーツ姿の私（四十二歳）にためらいなくアメを渡すとは……、できる。包み紙を剝《む》いてチェルシーを口に入れる。私はこのヨーグルト味が好きなのだ。「あなたにも、チェルシー、あげたい」というコマーシャルも好きだ。アメを嘗めながらしばらく待っていると、私たちの番になった。

「よろしくお願いします」と云いながら、小さな椅子に座ると、「もーっと近くに座れ」と云われる。近くにって云われても、これ以上近くに行ったら、ぴったりと体を寄せることになる、とためらっていると、いきなり前髪をぐいっと摑《つか》まれて引き寄せられ、顔に懐中電灯を向けられる。ま、眩《まぶ》しい。

りそな姫は私の耳に口を寄せて「ホクロひとつにもうんめぇがあるんだから」と囁《ささや》く。へ？「うんめぇ」って「運命」？で、でも、どうしてわざわざ耳元で囁くの、などと思っていると、りそな姫は奇妙な訛《なま》りのある口調で語り始める。

「あんたのここのホクロ（と云いつつホクロに触る）。これはね。リーダーボクロっていうのよ、わーかる？　リーダーボクロ」

「はあ」

「ターモリにもあるでしょ、これ。ほれ、あの、テレビの、ターモリにも、これ、リーダーボクロ」

私はタモリのホクロを思い出そうとするが、サングラスしか思い出せない。それに、タモリ……、リーダーなのか？　だが、りそな姫は半眼のまま、うんうんとゆっくり頷いている。

それから、また私の耳に口を寄せて「もうそうにふけるのが好きだな？」と云う。一瞬、どきっとして、それから、うーん、と思う。実はこれは意外に万人向けのセリフなのかもしれない。誰だって妄想にふけることはあるし、それを「嫌い」とはっきり断言できる人間は稀《まれ》だろう。だが、おなじ万人向けではあっても、さっき「占いの館」でみてもらったマツダ先生の「いい手相ですね」に比べて格段に効果的だ。「姫」にこう云われると、いきなり秘密を云い当てられた気持ちになるのだ。

りそな姫は私の掌《てのひら》に懐中電灯の光を当てながら、大きな虫眼鏡で嘗めるように観始める。

「あんた、けっこんしてる？」

「いえ、独身です」

「それなのに、こーんなにけっこん線が、いーっぱいあんのは、なんでだ？」

なんでだって、こっちが訊きたいよ、と思っていると、「おんなが好きなんだ」と耳元で囁かれる。

再び、どきっとしながら、ええ、ああ、いや、とか、むにゃむにゃ云ってみたが、「姫」はお構いなしに、ひーふーみーよーと数えながら、私の結婚線の上をぐいぐいと赤ペンでなぞり始める。あ、て、手が、赤くなっちゃうよ。「ほーら、みれ、こんなにいーっぱい、けっこん線が」。ああ、は、恥ずかしい。

私は話を変えようとして、あわてて思いついたことを口走る。

「実は、会社をやめようかと考えているんですが……」

「ん？」

「仕事が合わないようなので」

「だーめだ」

「え？　そうなんですか」

「そうだ。やめちゃ、だーめだ」

「ど、どうしてでしょう」

「ふきょうなんだから」

「は？」

「いーまは、ふきょうなんだから、かいしゃはやめんな。しーごとがあるだけありがたいんだから」

「……」

不況だからやめんな、って、全然「占い」でもなんでもないじゃないか。だが「姫」は半眼のまま、ゆっくりと頷くばかりだ。それからサクマさんを指して云う。

「あんた、あの子とけっこんすんのか？」

「あ、そのつもりです」

「そうか、ちょうどいいわ」

「？」

「ほれ、いーっぱいあるけっこん線の、このいっぽんが、これだけなーがいでしょ」

「はい」

「これがあの子だから」

うーん、うまい。本当の恋人じゃなくても、ほろっと引き込まれるようだ。赤ペンで手に書き込んだりめちゃくちゃをやってるようで、ツボだけは押さえている。

次はサクマさんの番だ。私はふたりのやりとりに耳を立てる。

りそな姫はサクマさんの生年月日を聞くなり、「ああ、あーんたは食い意地がはってるね」と云う。「ちゅうねん太りにならないように、気をつけなさい」。生年月日でそんなことが決まるものだろうか。

それから「姫」は私の方に顔を向けて、「この子はな、おいしいものを食べさせてやれば上機嫌だ、おぼえときなさい」と云う。いや、ほとんどのひとはおいしいものを食べれば上機嫌じゃないか、と思うが……。

「よかったねー、あんたきょうここへ座って、きょう、ここへこなかったら、きーっと、ちゅうねん太りになってたわ」

なんだか、めちゃくちゃ云ってないか。

「それからあんたは、フージワラノリカやミーヤザワリエと同じで口が悪いね。若いうちは可愛くて許されるけれど直しなさい」

みごとなセリフ回しに私は舌を巻く。

この言葉を冷静に検討すれば「フージワラノリカやミーヤザワリエと同じ」なのは、あくまでも「口の悪さ」であって「可愛さ」ではない。また後半の「若いうちは可愛くて許されるけれど」は単なる一般論に過ぎない。

それにも拘《かか》わらず、この一文を耳から聞くと、結局のところ「あんたはフージワラノリカやミーヤザワリエのようにカワイイ」というサブリミナルな（？）印象だけが残る。はっきりそう云ったら客の方にも心理的に抵抗が生じるところを、この云い方ならすんなり受け容《い》れられて、しかも数倍効果的だ。

「ああ、あんたは気が多いね。キームタクとけっこんしても満足できなくて、すぐにベッカムとけっこんしたくなるタイプ。だから、ガーマンしなさい。いーまけっこんすれば、だいじょうぶ、うまくいく。いーましなければ、一生できないよ」

何が「キームタク」と「ベッカム」なんだか。さっきは私に向かって「ターモリ」って云ったじゃないか。だが、サクマさんは嬉しそうにくすくす笑っている。あの冷静なサクマさんが、「姫」が耳元で何事かを囁くたびに、頷きながら目をきらきらさせている。おそるべし、りそな姫。

ふたりで六〇〇〇円を払って、「どうもありがとうございました」と云うと、りそな姫はそれまで半眼だった目を大きく見開いて、「おしあわせに」と云った。標準語、喋《しゃべ》れるんじゃないか！

それから私たちは駅に向かって歩き始めた。


「プロですね」

「プロだね」

「あの椅子が小さくて不安定なのも、計算されてますよね」

「あの半眼も訛りも演技だよ」

「彼女は、結局ひとつも何かを当てたりはしませんでしたよね」

「うん、独身かとか、ふたりの関係性とか、ポイントになる情報は全部こっちから云ったんだよね。ぜんぜん『占い』はしてないのに、奇妙な説得力だけがある」

「不況だから会社やめるなには、驚きました」

「途中で結婚するつもりだって云ってから、あきらかにトーンが変わったよね」

「我々に対する攻略方針が明確化したんですね」

「うん、最終的にふたりの関係性を『いいもの』として肯定すればいいんだ」

「『キームタク』とか『ベッカム』とか云って、意外に勉強（？）もしてますよね」

大人にアメを与える。いきなり前髪を摑む。体を密着させる。顔に光を当てる。ホクロに指で触れる。耳元で囁く。掌に赤ペンでぐいぐい書き込む。りそな姫は「こちら側」の日常的な振る舞いの枠組みを、小さく連続的に破ってゆく。それによって非日常性というか「あちら側」の雰囲気を高めてゆくのだ。「タモリ」とか「フジワラノリカ」といった唐突な具体性も、あの浮世離れした雰囲気のなかに投げ込まれると逆に非現実感を高める効果があるようだ。

さらに恋人同士に対して、ふたりとも気が多いとかけっこん線が多いとか、タブーすれすれの発言をすることで緊張感を与えておく。しかし、最終的にはそれらの緊張感や非日常感の全てが「おしあわせに」の一言に流れ込んでゆく。

恋人同士が「本当に聞きたい言葉」とは、結局はそれに尽きるのだ。りそな姫の「おしあわせに」は、贋《にせ》の恋人たちである我々の胸にも小さな火を点《とも》すくらいの力があった。

だが、私はサクマさんの手を取ったりせず、これからどうする？　と訊いたりせず、いちばん近いホテル街はどこだったか検討したりせず、「姫」に向かって領収書お願いしますとは云えないよね、などと云い合いながら、大人しく駅に向かって歩き続けた。

その夜、私はりそな姫の夢をみた。「姫」はミッキーマウスの耳元で「あんた、ねーずみだね」と囁いていた。

真夏のおめでとう

私は眩しい夏の坂を喘《あえ》ぎながら昇っていた。

目的地は赤坂《あかさか》プリンスホテルの旧館。

今日、そこで友だちの「結婚おめでとう」パーティーがあるのだ。内輪のパーティーということだが、それでも充分華やかなものになるだろう。友だちは出版社のベテラン編集者で、結婚相手は女優の本上《ほんじょう》まなみさんなのだから。

おめでとう、お幸せに、おめでとう、お幸せに、おめでとう、お幸せに、と呟きながら、私は一歩ずつ足を進める。祝福の練習をしているのである。私は他人の幸福を願うのが、とても下手くそなのだ。

祝福が下手ということに関連して、数年前に、結婚したばかりの友人の家に遊びに行ったときのことを思い出す。

初対面の奥さんは気さくでうつくしい女性だった。

「御飯ができるまで、ほむらさん、これ抱いて待っててね」と云って、ぬいぐるみの熊を渡してくれた。それから、友だちと奥さんはふたりでキッチンに立って、私のためにサラダやパスタをつくってくれた。私は熊を抱いて待っていた。やがて、卓上にきれいな彩りの料理が並んで、三人の話は弾んだ。

楽しかった一日の帰り道に、バス停でバスを待っているうちに、私は、なんだか、とてもさみしくなってしまった。

奥さんのうつくしい笑顔。

キッチンに立ったふたりの親密なやりとり。

きょとんとした熊の顔。

それらがフラッシュバックのように甦る。

私には奥さんも恋人も熊もいない。

たったひとりだということが強烈に迫ってくる。

私は夕暮れのバス停に立ち尽くす。バスは来ない。

足下には破れた紙袋がひとつ落ちていて、そこから、とろーん、と黒い液体が流れ出していた。

そのとき作った短歌がこれである。

　さみしくてたまらぬ春の路上にはやきとりのたれこぼれていたり

その夜、私は原因不明の高熱に魘《うな》された。愛し合う者たちの幸福の絶頂オーラを浴びて、免疫機能が下がったのかもしれない。

友だちの幸福を心から祝えない男なんて、情けないと思う。まして幸福オーラで免疫機能が下がって寝込んでしまうなんて。

よく考えてみるがいい。

誰かが幸福になったからといって、そのせいで僕が不幸になるわけではない。

誰かと誰かがラブラブだからといって、そのせいで僕がひとりぼっちになるわけではない。

僕がひとりぼっちなのは僕がひとりぼっちだから僕はひとりぼっちなのだ。

考えているうちにこわくなってきた。

とにかく、と私は決意を固める。今日こそは、愛し合うふたりにおめでとうを云うぞ。おもいっきり、おめでとう。心から、おめでとう。おめでとう爆弾だ。なんだそれ。
私は汗をぽたぽたと落としながら、坂を昇ってゆく。おめでとう、お幸せに、おめでとう、お幸せに、おめでとう、お幸せに。

入り口のドアマンは、にっこりと微笑んで大きくドアを開けてくれた。ロビーには沢山の華やかな人々が溢《あふ》れていた。芸能人やスポーツ選手らしい人の姿もみえる。お、しりあがり 寿《ことぶき》さんだ。凄い。
私はひとりで受付をする度胸がなくて、歌人で友人の東直子《ひがしなおこ》さんを待つことにした。今日の新郎である沢田康彦《さわだやすひこ》さんと東直子さん、それに私の三人は、一緒に『短歌はプロに訊け！』（本の雑誌社、その後『短歌はじめました。』と改題されて角川ソフィア文庫）という本を出した縁なのだ。新婦の本上まなみさんも、鶯《うぐいす》まなみの筆名でその本のなかに作品を寄せている。

そういえばおふろあがりのうちの犬ゆでソラマメのにおいに似てた
妹とケンカしてても庭にでてなめくじ見せれば勝ったも同然
じいちゃんは夜はお米は食べません　米の汁だけお銚子二本

おしりからへびがでるから捨てなさい　かまきりを見てばあちゃん言った

むかしからこういうものが好きでしたかさかさまつかさぴかぴかどんぐり

この雪は一緒に見てるっていうのかな　電話の向こうで君がつぶやく

女優という華やかな存在でありながら、素朴な優しさの伝わってくる作品である。家族に対する温かさとしみこむような風土性がいい。

そして新郎の歌。

どこやねん!?　落とした眼鏡探すたび憑依《ひょうい》しに来る浪花《なにわ》のおっさん

約束を二十分過ぎ二杯目のミュスカデのさき　夏月《なつづき》浮上

一瞬でわかるよ誰のコールかと　胸の携帯《ヴィブラート》心音のごと

目覚めれば空かき曇り眼前にハシブト一羽瞳濡らして

「めーよーとしてるね」　ゆきがゆげみたく　ろめんただよういろはのさかで

分離帯超えてわかったぼくたちが肉だったこと液だったこと

こちらは対照的に都会的なロマンチシズムと大胆なユーモアが感じられる作風だ。

ふたりのことは「趣味の短歌が縁で結婚」などと芸能ニュースでも話題になっていた。

短歌なら私もやっている。

二十年。

しかし、そんな出逢いは一度もない。

ないなあ、と思いながら、ロビーの椅子でぼんやりしていると、入り口のドアから東さんが女の子と一緒に入ってくる。娘さんだろう。中学校の制服を着ている。

「こんにちは」と私は云った。

「こんにちは」と東さんは云った。「本上さんの結婚式がみたいって云って、かほりもついてきたのよ」

「こんにちは」と私は云った。

「こんにちは」とかほりちゃんは云った。

「大きくなったね。この前会ったときは、これくらいだったのに」と云いながら、親指と人差し指で二センチほどの長さを示すと、彼女はにっこりする。冗談のわかる子だ。

「ええ？　もうちょっと大きかったでしょう」と東さんの方がわかってない。

新郎の保育園時代からの友人という男性の司会進行で、パーティーが始まった。プロの司会者ではなく、古くからの友人に進行を頼むあたり、沢田さんらしいと思う。気持ちがこもった感じでとてもいい。

会場に設置された何台ものビデオに、本上さんが出演したコマーシャル・フィルムが流れている。爽健美茶、花王リーゼ、日清ラ王、ホワイト&ホワイト、JA静岡県信連、サッポロビール、アステル関西、ビタミン・ウオーター、日本道路公団、マーブル・ポッキー……。

やがて拍手のなかを、新郎新婦がゆっくりと階段を昇ってくる。

純白のドレスに身を包んだ本上さんの眩《まばゆ》さに、周囲から、ほーっと深いため息が漏れる。ヒールのせいもあるのだろうが、一七五センチの沢田さんと同じくらいにみえる。広い肩幅と、首、腕の長さが印象的だ。

「きれい……」と、かほりちゃんが呟いた。

会場は幾つかの部屋に分かれている。それぞれが「フランス料理の部屋」「フルーツの部屋」「珈琲とチョコレートの部屋」等と名づけられて、さまざまな食べ物を楽しめるようになっている。

乾杯、ふたりの生い立ち、スピーチ、挙式の模様……、とプログラムは進んでゆく。ときおり起こる笑い声。拍手。

私は、なんとか、ふたりに近づいておめでとうを云いたいのだが、何重にも人々が取り囲んでいてなかなか接近することができない。あせりながら周囲をくるくる回っているうちに、興奮したおばさんに押されてよろよろと倒れてしまう。はっ、俺は、何故こんなところで生ハムを銜《くわ》えたまま四つんばいに……、と考え込んでいる場合ではない。起きるんだ。

知り合いの編集者の後にくっついて、やっとふたりの前に出ることができた。

嬉しそうな沢田さんの顔をみたとたんに、反射的に、「いいなー」と云ってしまう。あ、失礼だったか、と思って、あわてて「お、おめでとう。お幸せに」と、ふたりの顔をみながら云いなおす。「おめでとう、お幸せに」は、坂を昇りながら何度も練習した言葉である。

だが、と私は思う。考えてみると、今の私がふたりにそんなことを云うのは、一文無しの浮浪者がマイクロソフトのビル・ゲイツに向かって「新しいウィンドウズの発売おめでとう。沢山売れるといいね」と云っているようなものではないか。

その前に、まず、おまえが風呂に入れよ、おまえって俺か。うう、何云ってんだか、わかんないよ。緊張と羨望《せんぼう》のあまり、私の脳は煮えていた。

そのとき、「私たちと、いっしょに写真を撮っていただけますか」と新婦ににっこりされて、私の口から「はひ」と音が出る。「はい」のつもりだ。私は寄り目のまま、ふたりと一緒にフラッシュを浴びる。

眩しい光の圏内から離れて、珈琲を手にしたまま、ぼーっとなる。少しずつ寄り目がもどってゆく。

幸福に輝いてみえるふたりも、今日のパーティーまでこぎ着けるのは随分大変だったことを私は知っている。

彼らの仲がまだオープンでなかったときに、写真雑誌に書かれた記事をみて、沢田さんが激しく怒っていたことを思い出す。

「なんて、書かれてあったと思います？」

「なんて、書かれたんですか？」

「『それからふたりは洋風居酒屋に行った』って書かれたんですよ」

「はあ？」

私も東さんも怒りのポイントが摑めずに、ぼんやりしてしまう。

「ヨーフーイザカヤ。行きませんよ、そんな中途半端なところ」と沢田さんの怒りは収まらない。

あとで東さんは感心したように云った。

「洋風居酒屋って、そんなにいけないものだったのね」

「うん、自分に厳しいひとだね」

ガールフレンドと一緒にいても、すぐにファミリーレストランに入りたがる私は反省した。私と結婚したら、その健やかなるときも病めるときも、しょっちゅうファミレスに行くことになる。それは嫌かもしれないなあ。

家に帰ってから引き出物の包みを開けてみると、手書きのサイン付きのカードが入っていた。

本日はお越しいただき　ありがとうございました。
今日からの未来　楽しく健やかな日々をみなさまとともにずっと歩めますように。
２００３年７月12日

沢田康彦　本上まなみ

包みのなかには、きれいなワイングラスがふたつ並んでいた。
おめでとう、お幸せに。

逆転の花園

四十歳を超えてから、初めて合コンというものに参加する人間は、この世に何人くらいいるのだろう。しかも自分以外の参加者は全員二十代なのだ。

「とんでもなく惨めなことになりはしないか」と、私はお腹を撫《な》でながらひとりごとを云った。

何故、お腹を撫でているのか。

痛いのである。

何故、お腹が痛いのか。

お臍《へそ》のゴマを耳かきで徹底的に取ったら痛くなってしまったのだ。

「こんなことで大丈夫だろうか」と私は思う。

「だが、私が私自身の手で私を幸せにしなくては、誰も助けてはくれないのだ」とさらに思う。

「バイマイセルフ」と英語でも思った。

今から二十数年前、私が学生の頃にも合コンというものはあった。クラスメートたちは熱心に出席して、ボーイフレンドやガールフレンドを増やしていたようだが、私はどうしても参加することができなかった。

飲み会が苦手でカラオケが苦手で初対面のひとと話をするのが苦手だから、必然的に合コンは苦手になってしまうのだ。

だが、女の子と仲良くなりたいという気持ちはひと一倍強かった。

女の子が好きな男性をみつめるときのきらきらした目、それが自分に向けられるところを想像するだけで、くらくらしてしまう。

あれは特別な目だ。

けれども、今までの人生のさまざまな場面において、その目は常に私以外の男性に向けられていた。

「次の初体験企画は『合コン』にしましょう」とサクマさんが云ったとき、ついに来たかと思った。

「ついに来たか」

「え？」

「いいえ。なんでもありません。合コンですね」

「いいんですか」サクマさんはちょっと意外そうだ。

「いつかはこの日が来ると思っていましたから」と私は云った。「その代わり、サクマさんも出席してくださいね」

「ええ」とサクマさんが云ってくれたので、ほっとする。私が私自身の手で私を幸せにと云いつつ、本当にひとりでは心細いのだ。

「参加者はみんな普通の合コンだと思って来ますけど、ほむらさんにとっては取材でもあるってことをお忘れなく」とサクマさんはにっこりする。

「うう」と私は云った。

初めての合コンに参加するだけでも緊張するのに、同時にこっそり取材もするなんて、ひとりだけスパイになった気分だ。そんなことが私にできるだろうか。

「取材とは云っても合コンは本物なんだから、もしもそこで恋が生まれたら、それは本物の恋ですよね？」と私は云った。

「はい」とサクマさんは真顔で頷いた。

そう。

女の子のきらきらの目は本物なのだ。

今度こそ、私だけのきらきら目を獲得するぞ。

初めての合コンを逆転の花園にするのだ。

*

合同コンパは六本木のレストランで行われた。室内に水のカーテンがある、お洒落な店だ。

私は会場にいちばんに着いてしまった。誰もいないテーブルの一角に座って、水の音を聞いていると、だんだん不安になってくる。

とんでもなく惨めなことになりはしないか。

いや、弱気になっては駄目だ。

心のなかで呪文を唱える。

トキハシンジタッテナゲイタッテオナジニスギル。

松任谷由実《まつとうやゆみ》の「LOVE WARS」だ。

今日の参加者は男女三名ずつの計六名である。

女性陣はサクマさんとその知り合いがふたり。サトウさんとトダさん。彼女たちはサクマさんの大学院の後輩ということだ。「選りすぐりの美女を呼びました」とサクマさんは云っていた。

お待たせしましたー、と云いながら、三人の女性が入ってきたとたんに、私の心はきゅっと引き締まる。サクマさんの言葉に嘘はなかった。

少し遅れてふたりの男性が到着する。

彼らはやはりサクマさんの会社の後輩で、ということは光文社の社員で、それぞれ「フラッシュ」と「ＪＪ」の編集者ということだ。「ＪＪ」君は、今日も撮影現場から直接やって来たという。

厳しく華やかな職場で働く青年たちは、若く、アクティヴで、自然なユーモアと礼儀を心得ている。感じのいい人々で嬉しいが、合コンの場では強力なライバルだ。

簡単な挨拶《あいさつ》の後、「ジグザグにしましょう」と「フラッシュ」君が云った。

私が意味がわからずにぼんやりしていると、女性たちは、あ、そうですね、と云って、すっと席を立つ。

ジグザグとは、男女の並びが交互になるように座ることなのだ。

席替えの結果、私の両隣と正面に女性がきた。

凄い、凄いアイデアだ、と感心して「ジグザグ」とメモ帳に書く。

しかし、なんだか、完全に出遅れているような気がする。

軽い自己紹介のあと、それぞれが好きな飲み物を注文して乾杯。

私はサクマさんの仕事上の知り合いということになっている。これは嘘ではないし、コンピュータ会社の総務部勤務というのも事実だからいいだろう。

マスコミの最前線で働く「フラッシュ」君と「ＪＪ」君の話は面白く、座はいきなりの盛り上がりをみせている。


「『フラッシュ』のお仕事、大変そうですね」

「いえ、それほどでもないです。ちょっと、訴えられてますけど」

「えぇー？　誰にですか」

「タカノハナ」

「えぇー」

「『ＪＪ』の記者面接は文章力よりも容姿が重視なんです」

「え、どうしてですか」

「かわいい子の友だちは大抵かわいいから。誌面の構成上どうしてもかわいい女の子が常に必要なので、つまり人脈重視ってことなんです」

私はなかなか話の輪に入ることができない。

一般企業の総務課長には「フラッシュ」君たちのような面白い話題がないのだ。お臍のゴマを耳かきで取って痛くなった話をしようかどうか、迷う。

面白いだろうか、下品だろうか。

考えた末にやめておく。

ずっと俯《うつむ》いて黙っていた男が、突然、臍のゴマの話を始めたらやっぱり変だろう。

みんなの話に口が挟めないまま、内心、焦《あせ》りながらスパークリングワインを嘗めていると、前に座っていた女の子（サトウさんだ）が「あの」と声をかけてきた。

「はい」と緊張して答えると、彼女は私の前のテーブルを指さして云った。

「さっきから、気になっていたんですけど、これは、何ですか？」

それは……メモ帳とボールペンだ。

取材という意識があったために、いつもの癖で、メモをとらなきゃ、と思って置いてしまったのだ。だが、これは飲み会の場では明らかに不自然だ。「ジグザグ」とか書いてあるし。

困って、サクマさんの方をちらっとみると、あらら、という顔をしている。

「ぼ、ぼくはメモ帳がないと御飯が食べられないんです」と私は云った。

意味不明である。

だが、サトウさんは「ああ、そう、なんですかあ」と頷いてくれる。

いい子だな、と思う。

なんて素直なんだ。

それをきっかけに彼女と少し話をすることができた。


「最近、七十歳の、お友だちができて」とサトウさんは云った。

「へえ」と私は云った。

「メールが、来るんです」

「どんな？」

「うちの孫も、あなたのように、しらすを食べてくれると、いいのですが、って」

「しらす……、お好きなんですか」

「はい」

　しらす、素晴らしい。

　私は急速にサトウさんに惹《ひ》きつけられた。

　彼女はゆっくりと考えながら、こちらの目をみつめて話をする。

「河馬《かば》の、口の、なかにはいつも鳥が、いるんですか？」

「はあ？」

「みたんです」

「え、どこでですか」

「『野生の王国』で」

「野生の……」

「ええ、河馬の、口の、なかを掃除して、あげるんですって」

「ああ、共生ですね」

「はい。河馬も、その鳥のことは、食べないんです」とサトウ嬢は何故だか嬉しそうだ。

この子は素直、というよりも、ちょっと天然なのかな、と思う。

「ほむらさんは、『寅《とら》さん絵入りはがきセット』、持ってらっしゃらないんですか？」

「そ、それは普通持っているものなんですか？」

「あたしは、持ってるんですけど」

などという会話を交わすうちに、私は彼女のイノセントな魅力にすっかり参ってしまった。こんな子と仲良くなって、愛し合うことができたら、人生双六《すごろく》はあがったようなものだ、と思う。

テーブルの逆サイドでは「フラッシュ」君が、トダさんに向かって、もしも将来自分に娘ができたら門限は五時だと云っている。

どうやら彼は「自分の娘」というヴィジョンに特別な拘《こだわ》りがあるらしい。彼自身がまだ二十代なのに、娘は二十歳までは男女交際禁止、その後は自分の気に入った男とだけつきあってもいい、などと云う。

だが、この主張は女性たちには不評だ。

「そんなに厳しく縛ったら反発されますよ」と口々に云われている。

けれども「フラッシュ」君はめげずに「いや、門限は五時です」と繰り返す。

私は、ええっ、とか、ほー、とか無難な相槌《あいづち》を打ちながら、内心、いいぞ、フラッシュ、もっと暴走しろ、と思う。くくく、女の子に人気がなくなってしまえ。心のなかで悪魔の笑みを浮かべる。

「フラッシュ」君にとっては、合コンの席上で女性に気に入られることよりも、想像上の「自分の娘」がすくすくと思い通りに育つことの方が重要らしい。

やがて、ゆるさん、ゆるさんぞお、パパは、と呟きながら、彼はテーブルに突っ伏して眠ってしまった。日ごろの激務で疲れていたのだろう。


一方、「ＪＪ」君は、カンボジアで手榴弾《しゆりゆうだん》を投げた話に熱中している。

「まず石で練習するんですよ。これくらいのを池のなかにぽおんって」

「ＪＪ」と手榴弾、変わった組み合わせだが、もしかしてミリタリーマニアなのか。

こちらも明らかに女性向きの話題ではないのだが、「ＪＪ」君は気づかない。

「ロケットランチャーは一回四〇ドルで、反動がぐわあああん、ぐわああああああん」

私は、内心、ほくそ笑みながら見守る。

やがて、各国の軍隊が正式採用している夜光塗料について熱く語るうちに、お酒が回ったらしくこくっこくっと首を折りはじめる。

考えてみれば、彼もついさっきまで仕事をしていたのだ。

いくらかっこよくても、若くても、爽《さわ》やかでも、眠ってしまったら、もう何もできない。

戦場で眠ってはいけないね、と私の心のなかの悪魔が微笑む。

よし、これでもうこっちのものだ、と確信した。

あとはもう、俺だけの花園。

くくくく。

私はひとまずトイレに立った。

穏やかな気分でトイレから戻ってみると、なんだか、花園の様子がおかしい。

ふたりの男性は相変わらずすやすやと眠ったまま。

だが、テーブルに転がった彼らの頭上で、サクマさんがふたりの後輩に向かって熱く語っているのだ。

「今までは、そんなにはっきり感じてなかった。でも今回、私はそれを思い知ったの」

サトウさんとトダさんは、熱心に頷いている。

仕事の話、か？　どうやらサクマさんは、ここのところ仕事で壁に当たっていたらしい。まさか、壁って「俺」じゃないだろうな、と思いながら耳を傾ける。

「頑張っても駄目、いくら頑張っても、それだけじゃ。結果を出さないと、何の意味もないのよ」

いつもきらきらしているサクマさんの目が、今はきらきらしたまま、据わっている。気づかぬうちに、けっこう量を飲んでいたようだ。酔って仕事の話になるなんて偉いひとだ。でも、今はちょっと困るのだ。

「な、なにか、デザート頼みませんか」

さりげなく話題を変えようとしても、誰も私の言葉などきいてはいない。

「結果がすべてなの」

その瞳には、かすかにひかるものがある。

突然、サクマさんが流暢《りゅうちょう》な英語で話しはじめる。凄い。TOEIC九〇〇点オーバーという噂はきいていたが、実際に話しているのをみるのは初めてだ。

まるっきりネイティヴのようなスピーチ。

と云うことは、私には何が語られているのかわからない。

涙を流しながら英語で話し続けるサクマさんを、熱くみつめるサトウさんとトダさん。私の存在は完全に忘れ去られている。

すやすや眠り続ける男の子と、互いにみつめあって目をきらきらさせている女の子に囲まれて、私はひとり合コン状態である。困ったが、もはやどうしていいのかわからない。すみませーん、と叫んで、湯葉プリンを人数分頼んでしまった。

*

おいしい湯葉プリンをひとりで三つ半も食べた翌日。

サクマさんからメールが届いた。

メールには恐縮したお詫びの言葉と共に、サトウさんとトダさんの電話番号が記されていた。あとはお任せしますということだ、と解釈。

くくく。

くるっくー（鳩）。

祖母を訪ねる

十年ぶりの札幌《さっぽろ》駅はずいぶん変わっていた。

私は本屋を探して、巨大な駅ビルのなかを彷徨《さまよ》っていた。本屋で自分の本が買いたいのだ。

何故、わざわざ自分の本を買うのかというと、それを手土産の代わりにして、こちらの病院に入院中の祖母を訪ねようかと思っているからだ。

だが、私はまだ迷っている。

この前祖母に会ったのは、私が十八歳のときだから、二十四年前だ。そのとき、彼女は七十代の半ばだった。と、いうことは現在は、いくつなんだろう。
九十八、九歳か。
うーん。

想像のできない年齢だ。

迷っている。

私は祖母に会うのが、こわいのだ。

私が物心ついたとき、おばあさんは既におばあさんだった。

私が大学生で最後に彼女に会ったとき、おばあさんはやはりおばあさんだった。

私が四十過ぎのおじさんになった今も、おばあさんは依然としておばあさんのままだ。

もしや、私がおじいさんになっても、おばあさんはおばあさんなのではないか。

おじいさんとおばあさん。

追いついてしまうではないか。


考えてみると、現在の私の生活は、比較的自分に近い年齢のひととのやりとりで成り立っていて、子供や老人と話す機会はほとんど無い。

最後に子供と話をしたのは、いつだろう。

思い出せるのは、自分が二十五、六歳のときのことだ。

私は通勤の電車のなかで吊革に摑まって「少年ジャンプ」を読んでいた。すると、目の前に座っていた男の子（小学校の二年生くらいか）が、「面白い？」と訊いてきたのだ。

私はびっくりして、思わず「うん」と応えた。

「ねえ、『キン肉マン』だけ読ませてくれない？」と子供は云った。

私は動揺しながらも、内心むっとしたのだが、咄嗟にどう返事をしていいのかわからず、断るのも大人げなく思われ、「少年ジャンプ」を少年に渡した。

彼が「キン肉マン」を読んでいる間、とても手持ち無沙汰だった。

「キン肉マン」を読み終わると、子供は約束通り「少年ジャンプ」を返してくれた。

そして、ほっとしながら雑誌を受け取った私に向かって、こう云った。

「ブロッケンJr.、かっくいー、ぼく好きなんだ。おじさんは？」

フレンドリーな態度だ。だが、私は朝の満員電車のなかで「キン肉マン」の好きな登場人物について会話することを好まなかったので、むにゃむにゃ云ってごまかした。

そんな状況で、「おれは、ウォーズマンの鉄の爪《つめ》」などと云えるものか。そんなことを云った挙げ句に、

「うん、あれは強力な武器だね。コーホー、コーホー」

「コーホー、コーホー」

などと、意気投合することになっては困るのだ。

あれ以来、子供とは会話らしい会話をしていない筈だ。

同じように老人と話をする機会もない。

両親が七十歳を過ぎたので老人といえばそうなるが、最近の七十歳にはさほどの老人感はない。「村の渡しの船頭さんはことし六十のおじいさん」という童謡の時代とは違うのだ。だが、祖母というのは親のまた親だから（当たり前か）、次元が違う。本当の老人だ。

親たちは私と同じ昭和生まれだが、彼女は明治の生まれだ。明治、大正、昭和、平成と四代を生き抜いて、二十一世紀まで辿《たど》り着いたわけだ。二十一世紀の明治生まれの気持ちなど私には想像できない。

それに、と以前友だちに聞いた話を思い出す。友だちは老人の介護の仕事をしている。

ある朝、彼女は担当している九十五歳の女性に「こんなになっちゃった」と指をみせられたのだという。

「そうしたらね。人差し指の第二関節のところから爪が生えていたの」

私は驚いて訊き返す。

「爪って、あの爪？」

「うん」

「どうして、それが……」

「判《わか》らない。でも触ったら硬くて、確かに爪だった。ほんとに指の途中から生えてたよ」

「本人はなんて？」

「『昔は爪じゃなかったのにねえ』って」

「……」

「どんどん伸びて来るんだって」

私は慄然《りつぜん》とした。

よく判らないが、加齢のために体の制御系が乱れて、爪は指先に生えるものというような細かい決まり（？）をコントロールしきれなくなった、ということなのだろうか。

その現象がさらに加速したら、いったいどうなるのか。

唇から歯が生えてきたり、眼球から毛が生えてきたりするのか。

恐ろしい。

私は年を取るという現象が自分の想像を遥かに超えていることを思い知った。


本屋のレジで自分の本を包んでもらいながら、私は考える。

おばあさんの爪は大丈夫だろうか。

彼女は私をみて誰だか判るだろうか。

判らないだろう。

名乗ったら判るだろうか。

名乗っても判って貰えなかったら、それからどうしたらいいのだろう。

だが、ここまで来て会わずに帰ってしまうのは、薄情というものではないか。

今回はたまたま仕事の都合で来ることができたが、北海道に足を踏み入れる機会など滅多《めった》にないのだ。

今日会わなかったら、もう二度と会えないかもしれない。

そんな状況で「会話が成り立つか」なんて心配しているのは愚かなことだ。肉親の自然な情に任せればいいのだ。

だが、私は「自然な情に任せる」のが苦手だ。

そんなことを意識するから、駄目なのだ。

苦手なことにぶつかるとつい考え過ぎてしまう。
とにかく行くだけ行ってみればいいのだ。
でも、おばあさんは眠っているかもしれない。
声をかけても起きなかったらどうしよう。
揺さぶってもいいものだろうか。
まただ。
考え過ぎるな。
それに『現実入門』のネタになるかもしれない。
そんなことを考えるのはひとでなしではないか。
いや。
でも。
考えが頭のなかでぐるぐるしてしまう。
本の包みを鞄にしまって、とにかく行ってみることにする。

＊

地下鉄「東夜幌」駅に降りたって、駅前の地図を眺める。目的の病院までの道順を確認する。ここから十分くらいということだ。

郊外の住宅地のなかを歩いてゆく。

札幌は相変わらず不思議な明るさを感じさせる町だ。

アロハシャツの専門店がある。北国にアロハシャツっていうのは明らかに妙だが、この町のそういうリアリティのなさを私は気に入っている。現実を怖れる自分の気質に合っているのかもしれない。

だが、今日の私の行動は現実そのものだ。

病院に着いた。

入り口でスリッパに履き替える。いつも病院のスリッパには病原菌がついているような気がするのだが、錯覚だろう。

受付で祖母の名前を云うと、「三階に上がってください」と教えられる。暗い階段をぺたぺたと三階まで昇ってゆく。

ナースステーションで声をかけると、看護婦さんに、そこの面会簿に記入してください、と云われる。

面会簿の項目は、訪問先、名前、ご関係、時刻。ご関係のところで、一瞬、手が止まる。なんて書こう。他のひとのところをみると、「子供」とか「弟」とか書いてある。では、僕は、えーと、「孫」だな、と思って、そう記入する。

それをみていた看護婦さんが「カカリ……カカリの方？」と怪訝《けげん》そうだ。

へ？　と思って自分の書いたところをみると「係」とある。

「あ、違います。カカリじゃなくて、マゴです。マゴ」と云いながら「孫」と書き直そうとするが、なんと、書けない。普段、パソコンに頼っていて自分の手で文字を書いていない弊害だ。焦れば焦るほど「孫」が何偏か思い出せない。

私があわあわしていると、看護婦さんは、くすっと笑って、平仮名でいいですよ、と云う。あう、と思って、震えながら「まご」と書く。ああ、これでは小学生の孫が来たみたいだ。既に汗びっしょりである。

こちらです、と看護婦さんは先に立って歩き出す。慌てて後を追う。

案内された四人部屋にはいずれ劣らぬ老人たちが眠っていた。全員九十歳は軽く超えていそうな、小さな小さな人々。

肉親の直観で瞬時に見分けないと、とプレッシャーを感じる間もなく、看護婦さんはひとつのベッドに近づいて、そのひとが眠っているのもお構いなしにハンドルを回し始める。キコキコキコキコキコ、上半身がゆっくりと持ち上がってくる。

「ミトリさん、お客さんですよ」と大声で呼びかける。

祖母は目を覚ましたようだ。

「誰だろう」と呟く。

「おばあさん、弘《ひろし》です」となるべくはっきりと話しかける。

「弘さんかい、まあ、東京から来たの？　忙しいのに悪いね」

あまりにまともな反応に、逆に驚いてしまう。

「あ、はい」

「まあ、立派な大人になって」

「あ、はい」

「誰か、誰か、その辺にいないかい」

祖母はしきりに誰かを探している。

「僕だけですが……」

「叔母さんか誰かに云っておいしいものを食べさせて貰って、お寿司か何か」

「あ、大丈夫です」

「私は、もう何にもしてあげられないから」

祖母は私を気遣っているのだ。

「これ、僕の本です」と私は包みをみせる。「誰かに読んで貰ってください」

「ありがとう。私は惚《ぼ》けてしまってもう駄目なの」

全然。まともじゃないか。

「そうかい。弘さんかい」

「あ、はい」

「立派になって」

「孫」が書けないのに「立派になって」と云われて、恥ずかしい。

この部屋に入って何分経《た》っただろう。二分か、三分か。時間が許す限りここにいるべきなのか。だが、私はもう何を話せばいいか判らないのだ。

祖母は穏やかな声で繰り返している。

「そうかい、弘さんかい」「まあ」「立派になって」「ねえ」

私は咄嗟《とっさ》に祖母の手をとって「あの」と云う。「あのあの」

だが、それからなんと云っていいか判らない。

「お元気で」はなんだか変な気がする。

しかし、言葉が出てこない。

「あのあの、また来ます」

私は歩き出してしまう。ドアのところで振り返ると、祖母は虚空《こくう》をみつめたまま、呟いていた。

「そうかい、弘さんがねえ」

病院を出て歩きながら、私はこれでよかったのかどうか考えようとする。が、判断がつかない。

まだ胸がどきどきしている。

おばあさんの手は柔らかかった。

幸福の町

日曜日の朝八時、私は新宿《しんじゅく》駅西口の改札前に立っていた。

こんな時間にこんなところにいることは、普段の生活ではあり得ないことだ。眠くて頭の芯がぼうっとしている。

今日はこれから編集のサクマさんと一緒に、はとバスに乗って葡萄《ぶどう》狩りをして松茸ごはんとアワビを食べて日本三大夜景のひとつを見るのだ。

そもそもの始まりは先週のY新聞の書評委員会だった。たまたま隣の席になった作家の角田光代《かくたみつよ》さんが、『現実入門』の連載読んでます、と云ってくださったのだ。

「とっても面白いです」

「ありがとうございます」

「いつも汗、いっぱいかいてますね」

「あ、はい」

「おでことほっぺたに」

「あ、ええ」

「大きな粒々の」

「え、ええ」

もしかしてイラストの汗＊だけが面白かったのかな、とちょっと不安になる。角田さんは不思議な魅力のあるひとだ。話していると独特のテンポに引き込まれそうになる。

＊イラストの汗

「初体験、次は、何をするんですか？」

「実は何をしたらいいか思いつかなくて、困ってるんです。普通のひとが普通に経験することで、僕がしたことがないことは何かありませんか」

ありませんか、と云われても、何をしたことがあるのかないのか本人以外は知らないのだから、ひどい質問である。

だが、角田さんは私の顔をじーっと見て、「ひげを、伸ばす？」と云った。

おお、その手があったか。

確かにそれは初体験だ。準備もいらない、お金もかからない。

だが、と気がつく。ひとつだけ問題がある。髭は伸びるまでに時間がかかるのだ。私は薄い方なので、ぼうぼうになるまでにはかなりの時間がかかるだろう。いや、ぼうぼうにすると決まったわけではないか。

「髭、面白いけど、締め切りまであんまり時間がないんです」と説明する。

頷いた角田さんは、再び私をじーっと見て、「はとバス？」と云った。

はとバス？　何故、私の顔から「はとバス」を連想するんだろう。はとバスって、昔から聞いたことがあるけど、どういうものだっけ？

はとバスのことを思い出そうとする私の顔を、角田さんがじーっとみつめている。

「汗」を探しているのかもしれない。

「葡萄狩りと松茸ごはんとアワビと日本三大夜景のコースにしましょう」とサクマさ

んが云った。随分欲張りなコースですね、と私が驚くと、はとバスですから、と云われる。はとバスってそうなのか？

「違うのがよかったら、『ビーナスラインとメルヘン街道の旅』っていうコースもありますよ」

メルヘン街道……？　ピーターパンや白雪姫やフランダースの犬やスナフキンがずらっと沿道に並んでいるところを想像する。ティンカーベルが「待ってよ〜、ピ〜タ〜」と云いながらぱたぱた宙に浮かんでいる。

「葡萄狩りでお願いします」と私は云った。

「あと、髭は時間がかかるからちょっと無理ですけど……」とサクマさんは呟いた。

「あたまを剃《そ》る、っていうのはありますね」

「葡萄狩りでお願いします」と私は云った。

新宿駅の柱に凭《もた》れてぼんやりと、はとバスのことを考える。今日まで、自分の人生に関連があるものとして考えてみたことがなかったのだ。はとバスか。町なかを鳩のかたちのバスが走っていたら目立つだろうな、と思う。だが、そんなものは一度も見た覚えがない。かたちでないとすると柄だろうか。鳩が沢山描かれたバス。それならありそうだ。鳩サブレーの黄色い鳩の絵を思い浮かべる。私は鳩サブレーが好きだ。

「おはようございます。お待たせしました」

顔をあげると、サクマさんが目の前に立っていた。いつもとは違うカジュアルな服装が新鮮だ。

「あ、おはようございます。休日ルックですか」

「は？」

「いえ、なんでもありません」

早速、ふたりでバス乗り場に向かう。

はとバスツアーの集合場所はごった返していた。一時間ほどの間にここから十三のツアーが出発するのだと云う。はとバスってそんなに人気だったのか。今日ここへ来なければ、そんなこと一生知らないままだったろう。中年以上の参加者が多いのでは、と漠然と予想していたのだが、どうもそうでもないようだ。若い女性の二人組や子供連れの家族や曖昧な雰囲気のカップル（我々もそうか）も何組かいる。

はとバスがやってくる。私は黄色い車体に素早く目を走らせる。どうやら鳩の絵は描かれていないようだ。勿論《もちろん》、鳩のかたちでもない。いよいよ名前の由来がわからなくなる。かたちでも柄でもないとすると、なんだろう。まさかとは思うが、匂いか？　鳩の匂いのバス。マニアックだ。


私たちの席は最後部の右側だった。ラッキー、と思う。だが、すぐ前をおばさんの集団が占めている。後部席の反対側には、年齢差のあるカップルが座っている。おばさんたちは席につくなり、お菓子や飲み物を配り始める。「こないだの回しまーす」と云って、写真らしきものを手渡してゆく。「あら、これ、前の前のが混ざってるわ」などと云っている。どうやら、はとバスツアーの常連軍団らしい。

「ガイドのカタノでございます。本日はよろしくお願いいたします」とバスガイドさんが挨拶をすると、おばさんたちは激しく拍手をする。私も慌てて拍手をする。

それから行程表と観光マップとツアーバッジが配られる。ビニールのバッジにはアサガオの絵が描かれている。はとバスなのに鳩の絵じゃないんだな、と思う。どれもおんなじアサガオなのに「お好きなものをお選び下さい」と云われるのも妙だ。

「右手に見えますのは」とバスガイトさんの説明が始まった。富士山の見え方、府中の地名の由来、信玄餅《しんげんもち》の食べ方など、その内容は昔からあんまり変わっていないようだ。「紅葉の原理は末端冷え性と同じです」と云うのは、意味不明だが面白かった。

おばさん軍団はあんなに拍手をしたくせに、ちっとも話を聞いていない。持参したおにぎりを食べながら、しゃけだしゃけだ、うめだうめだ、おかかだおかかだ、と盛り上がっている。自分が作ったおにぎりで、何故、そんなに盛り上がれるのだろう。

反対側のカップルの様子を窺《うかが》うと、こちらも鞄から何やら食料を出している。

「おにぎり、食べます？」と女が男に訊いている。

またしてもおにぎりか。しかも敬語。いったいどういう関係なんだ。夫婦で敬語はないだろう。ふたりだけの社員旅行？　まさか。君たち不倫だろう、と心のなかで呟く。

温かい椅子に凭れて揺られるうちにだんだん眠くなってくる。昨夜は二時間しか寝ていないのだ。すーっと暗いところに引き込まれる。遠くの方でおばさんたちの声がちらちらと聞こえている。

洗濯物いれないとんでもないおやじだよ。
ああ、猿は本当に憎らしいね。
今の人はそんなのとは絶対結婚しないよ。
勝手に戸を開けて入ってきて、さといものおいしいとこ食べちゃうの。
あたしは人生棒に振ったよ。
人間の泥棒よりたちが悪いね。
あんなのの面倒をずっーとみてさ。
ダムができて山から追い出されたんだってよ。
もう沢山だ。
駄目駄目、犬なんてやられちゃうよ。

「正面に幸福の町の姿が見えてきました」という声で目が覚める。首をこきこきと鳴らしながら、なんだって？　と思う。幸福の町？　だが、見えているのは平凡な町並みだ。

ああ、甲府の町か。そうだよな。はとバスで幸福の町に行けるなら苦労はない。隣でサクマさんも目を覚ましたようだ。反対側のカップルは眠っている。よくみると、しっかり手を繋《つな》いでいる。

あのふたり敬語でしたよね、とサクマさんが囁く。やはり、チェックしていたのだ。うん、夫婦なら敬語ってことはないよね。はとバスで手も繋ぎませんよね。うん、繋がない。あれは不倫ですね。だよね。うんうん、そうそう、不倫不倫、とふたりで頷き合うと、こみあげる一体感で胸が熱くなる。

はとバスでは不倫のカップルは最後部って決まってるのかな、と云ってから、あわてて、あ、僕たちは違うけどね、と付け加える。でも、あたしたちも傍《はた》から見たら変ですよね、敬語だし、とサクマさんが真面目な顔で云う。手は繋いでないけどね、と応えながらどきどきする。


昼食の前に、巨大な武田信玄の銅像の前で集合写真を撮る。松茸ごはんを食べたあと、「では、エリンギに参拝します」とガイドさんに云われる。どうしてエリンギに参拝を？　松茸ごはんを食べたからか？　と怪訝に思いながらついていくと、立派なお寺に着いた。ああ、「恵林寺《えりんじ》」か。今日はなんだか耳が変だ。

それからワイナリーの見学を終えて、いよいよ本命の葡萄狩りだ。

渡されたハサミを手に葡萄棚の下に潜ってゆく。が、すぐに困ったことに気づく。

棚の高さが一六五センチくらいしかないのだ。それ以上の身長のひとは、首を曲げるか、中腰になるか、しゃがむかしなくてはならない。どれも長続きするものではない。そんな体勢で食べ放題と云われても困ってしまう。椅子を置いてくれればいいのに、どこにも見当たらない。

これはドトール方式か？　と思う。事実かどうか定かではないが、珈琲屋のドトールの椅子は微妙に座り心地が悪く設計されているそうだ。それによって客の長居を防いで回転率を上げるのだと云う。

だが、この葡萄棚の一六五センチ攻撃も推定平均身長一五二センチのおばさん軍団には全く無力である。軍団はのっしのっしと歩き回っては、ばばばばばぺっぺっ、と食べている。

うわー、大きいのがあるよ。
あんた、こっちがいいよ、こっちこっち。
甘いねー。
甘いわー。
そら、こっちこっち。

手がべたべただー。

脳のなかに浮かんだことが、そのまま口から飛び出している感じだ。

私は葡萄を諦《あきら》めてバスに戻った。


いつのまにか、とっぷりと日が暮れている。行程の最後を飾るのは、フルーツ公園からの夜景である。

「今年の四月に日本三大夜景の更新がありました」とバスガイドさんが説明してくれる。「そして、この公園からの眺望が新たな三大夜景のひとつに選ばれました」

えっ、と思う。夜景の更新？　勝敗や得点があるわけでもなし、新たに選ばれたところはいいとしても、それまで三大夜景だったのが洩《も》れてしまったところはどうなるんだろう。

高台からの夜景は確かに美しいものだった。あの光のひとつひとつに人間の暮らしがあるんだなあ、と平凡な想いが浮かんでくる。隣で光をみつめているサクマさんの横顔が美しい。息づかいが伝わってくるようだ。いったい何を考えているんだろう。

彼女は幸福なんだろうか。

東京へ帰るバスは渋滞につかまってしまった。このままでは、到着予定の二十時どころか二十二時を遥かに過ぎてしまいそうだ。

そのとき、天井からするするとテレビが降りてくる。おお、と思う。二十一世紀のはとバス、恐るべし。だが、始まったのは『男はつらいよ』だ。二十一世紀になってもこういうときはやっぱりフーテンの寅さんなんだな、と思う。おばさんたちがぱちぱちと拍手をする。

だが、すぐに、あー、タナカユウコだ、あのひと嫌い、とひとりが云う。あたしも、あたしも、あたしも、という声が続く。え、どうしてそんなに不評なの、と不思議に思っていると、あのひとザ・ピーナッツからサワダケンジを奪ったんだよね、とひとりが云う。そうそう。うんうん。

あ、そういうことか、しかし、そんなことが嫌われる理由になるのか。それに、ザ・ピーナッツから奪ったって、ザ・ピーナッツは「ふたり」だろう。

隣のカップルは相変わらず手を繋いで眠っている。しかし、密《ひそ》かにチェックしていた私は知っている。ワイナリーでも葡萄狩りでもフルーツ公園でも、女の方はバスから降りなかったのだ。彼女はあたまから毛布を被《かぶ》って眠り続けていた。そのたびに男はひとりでバスを降りて、小さなコップでワインを試飲し、首を曲げたまま葡萄を食べ、腕を組んで夜景を見つめていた。バスのなかでだけ、ふたりは手を繋いでいるのだ。仲がいいのか、悪いのか。彼らの愛の行方はどうなっているのか。ひとはそれぞれの事情のなかで生きているということか。

「さて、お手元のツアーバッジをご覧下さい」とバスガイドさんが云う。「アサガオに蝶々がとまっている方はいらっしゃいませんか。それがラッキーバッジです。一〇〇個に一個だけ蝶々がいるのです」

ああ、そうか、だから配るときに「お好きなものをお選び下さい」と云われたのか。

「ラッキーバッジの方は……」とガイドさんが云う。

「幸福の町に行くことができます」と私は呟く。

今、何時なんだろう。十時か、十時半か。バスは進まない。気が遠くなるようなのろのろ運転である。サクマさんは静かな寝息を立てている。毎日の激務で疲れているのだろう。首が傾き、肩に凭れてきそうで、しかし決して触れることはない。サクマさんのあたまは私の顔のすぐ横で揺れている。だが、距離でふたりの親密さが測れるわけではない。すぐ近くにいてもひとの心はわからない。

あんなに元気だったおばさんたちもいつの間にかすっかり静かになっている。隣のカップルは手を繋いで眠っている。バスガイドの声も聞こえない。このバスのなかで起きているのは、運転手と私だけかもしれない。

私はうつむいて、サクマさんの手にそっと唾《つば》を落とす。

ちかいます

なぜこんなこと　気づかないでいたの
探し続けた愛がここにあるの

私はウォークマンを聴きながら白金台《しろかねだい》の改札に向かっていた。

木漏れ日がライスシャワーのように
手をつなぐ二人の上に降り注いでる

キヨスクの前にサクマさんが立っているのがみえる。

あなたを信じてる　瞳を見上げてる

ひとり残されても　あなたを思ってる
こちらに気づいた。軽く会釈をする。
いつの日か　かけがえのないあなたの
同じだけ　かけがえのない私になるの
ゆっくりとサクマさんに近づいてゆく。
目の前に立つ。
青春を渡って　あなたとここにいる
遠い列車に乗る　今日の日が記念日

（松任谷由実「ANNIVERSARY」）

耳からイヤホンを抜く。
ふっ、と周囲の世界の色が変わる。

炭酸の泡が湧き上がるような感覚が消えて、これは、いつもの、現実の色だ。


「おはようございます」

「おはようございます。今年もよろしくお願いします」

「こちらこそ」

「サクマさん、お正月はどうされてたんですか」

「妹とペルーに行ってきました」

「ペルー」

「はい、以前からマチュピチュの遺跡がみたくて。ほむらさんは年末年始はどうされてたんですか」

「大晦日《おおみそか》は川越《かわごえ》の漫画喫茶でテレビをみてました」

「漫画喫茶……」

「はい、格闘技の番組を同時に三つもやっていて、チャンネルを切り替えながらみるのが大変でした」

「そ、それは大変でしたね」

「大丈夫です」

サクマさんはちらっと時計をみた。

「じゃあ、そろそろ行きましょうか」

「はい」

私たちは歩き出す。

今日はブライダルフェスタに行くことになっているのだ。

日射しが暖かい。

ブライダルフェスタ日和《びより》だ、と思いつつ、私は自分がブライダルフェスタが何か知らないことを思い出す。

「結婚祭」ってなんなんだろう。

*

会場のハッピー園は、落ち着いた雰囲気の庭園をもつ由緒正しい結婚式場である。

受付に寄ると、まずアンケートを渡される。氏名欄が「女性のお名前」「男性のお名前」の順番になっているのが印象的だ。結婚式に関してはあくまでも女性が主役ということだろうか。

「希望日」「予算」「式場選びのポイント」などを順に記入してゆく。最後に「お二人のウエディングにテーマがございましたらご記入下さい」という欄がある。ちょっと考えて、「愛の完成」と書く。

アンケートを提出すると、「ちょうど三階でモギキョシキがはじまる時刻です」と云われる。「急げば間に合いますよ」

モギキョシキが脳内で変換できないまま、エレベーターに乗る。

笛の音の流れる会場に近づくと、大変な人だかりで、廊下にまで若いカップルが溢れ出している。シンゼンシキですね、とサクマさんが囁いた。

頑張って人の群れを掻《か》き分けて部屋のなかに入る。純白の着物の女と黒い和服の男を取り巻いて、何十組もの愛し合う者たちが佃煮《つくだに》のようにみっしりと詰まっている。カップル、カップル、カップル、カップル。ううっ。独身率があがってるって新聞に書いてあったのは嘘だったのか。

笛の音を聴きながら、このひとがこのひとと、このひとがこのひとと、このひとがこのひとと、このひとがこのひとと、と周囲の男女の顔を見比べていくうちに、指先が冷たくなってくる。この部屋のなかで肉体関係のない男女は僕たちだけなんだ、と思ってくらくらする。

紅白の着物の女性に醤油《しょうゆ》の皿のようなものを渡される。

そこにお酒を注《つ》いでくれた。

一同起立して、お酒を飲んで愛の儀式は完了した。

神主さんがくるっとこちらを向いて笑顔で話し始める。

「モギキョシキは無事に終了致しました。当式場はイジュモタイシャに深いご縁がございます。御本人様はもとより、御両家の皆様、オナコード様にも、きっとご満足いただけることと思います。大切な縁結びは、イジュモタイシャと当式場がお手伝い致します」

新郎と新婦に見送られて部屋を出る。

乗り込んだエレベーターのなかに、たちまち囁きが充《み》ちる。(写真とった?)(シンゼンシキもいいね)(親戚《しんせき》は)(あれって一式で)(会社のひとを呼ぶと儲《もう》かるけど)(チャペル覗いていこうか)(ばあか)(でも)(ツノカクシ)(ふふ)、このエレベーターのなかで肉体関係がないのは、と思ってくらくらする。

エレベーターから吐き出された私はロビーの長椅子にすとんと座った。

「ほむらさん、大丈夫ですか。顔色が青いですよ」

「あお」

「だ、大丈夫ですか」

「だいじょうぶ、です」

「あの部屋、人が多過ぎて空気が悪かったですね」

「くうき」

「は？」

「わるい」

「ほんとに大丈夫ですか」

「赤い糸って、みえませんね」

「え？」

「僕にはみえませんでした。さっきの部屋には何十本もの赤い糸が蜘蛛《くも》の巣みたいに絡まっていたはずなのに。恋人たちの顔も一組ずつじっとみたけど、全員をシャフルしたら、僕にはもうみわけがつかないんです。組み合わせを復元できないんです。みんなはどうしてこのひとが自分の愛する人って判るんでしょうか。このひとと生涯を生きてゆこうって決められるのは何故。きみたちには赤い糸がみえているのか」

「も、もうちょっと休んでいきましょう」

そのとき、天井のスピーカーから「チャペルで教会式のモギキョシキが始まります」という声が降ってくる。肘掛《ひじかけ》に手をついて、私が起き上がろうとすると、あわてて サクマさんが止めた。

「まだ動かない方がいいですよ」

「お米が投げたいんです」

「え」

「結ばれたふたりに、おめでとうってお米を投げるんでしょう？」

「あ、ライスシャワーのことですね」

「僕、一回も投げたことがないんです」

お米、お米、と呟きながら、私は立ち上がった。

チャペルとおぼしき方向に向かってゆらゆらと歩き出す。

＊

チャペルのなかは全《すべ》てが左右対称だった。

客席、花、蠟燭《ろうそく》、いちばん奥にステンドグラス、そして十字架。

床の上に純白のベールを曳《ひ》きながら、その父親に腕を預けた花嫁がゆっくりと進んでくる。
目をしぱしぱさせて待っている新郎のもとへ。
新郎がぎくしゃくと新婦のベールに手をかけてあげようとする。
新婦が少しかがむ。
かがんだ、と思って、私は拳《こぶし》をぎゅっと握る。

「コーノケンタ」
「はい」
「汝はサトーアヤを妻とし、その健やかなるときも、病めるときも、喜びのときも、悲しみのときも、富めるときも、貧しきときも、牛乳の賞味期限が切れちゃったときも、これを愛し、これを敬い、これを慰め、これを助け、その命ある限り、真心を尽くし、共に生きることを誓うか」
「ちかいます」
「サトーアヤ」
「はい」
「汝はコーノケンタを夫とし、その健やかなるときも、病めるときも、喜びのときも、悲しみのときも、富めるときも、貧しきときも、ピアノの調律が狂っちゃったときも、これを愛し、これを敬い、これを慰め、これを助け、その命ある限り、真心を尽くし、共に生きることを誓うか」

「ちかいます」

ぶわわっ、と私の涙が溢れる。

これはモギキョシキだ、ごっこで、嘘なんだ、と思っても、腹の底から感動が突き上げてくる。

今、ふたりは未来を誓った。

まだどこにも、影もかたちもなく、誰にも指一本触れることのできない未来を。

祭壇の蠟燭の炎があんなに激しく揺れている。

私たちはチャペルの外の階段に出る。

新郎新婦が現れたとき、リンゴンリンゴンリンゴンと鐘が鳴り出した。

おかしなかたちの機械が沢山のシャボン玉を吐き出して空を埋め尽くす。

私は手のなかにお米と花びらを握りしめている。

ふたりが私の前を通るとき、これを投げるんだ、と思う。

＊

ハッピー園を後にして、イタリアンレストランに入った。スプマンテのグラスを合わせる。

「お疲れさまでした」

「お疲れさまでした」

「どうでしたか」

「恋人たち、みんなとっても真剣にみてましたね」

「ええ、一生のことですもの」

「誓うか、と訊かれて、微妙です、とかはやはり云わないんですね」

「ふふふ、お米投げられてよかったですね」

「ありがとうございます」

「ふふ」

「サクマさん、誰かにプロポーズされたことありますか」

サクマさんの目がふっと虚《うつ》ろになる。

あ、ガラス玉、と思っていると、逆に訊き返される。
「ほむらさんは誰かにプロポーズしたことありますか」
私の目がビー玉になる。

あなたを信じてる　瞳を見上げてる
ひとり残されても　あなたを思ってる

「ほむらさん？」

いつの日か　かけがえのないあなたの
同じだけ　かけがえのない私になるの

「さん？」

あなたを信じてる　あなたを愛してる
心が透き通る　今日の日が記念日

「?」

アカスリとムームー

「次は『健康ランド』に行きましょう」とサクマさんが云った。

「『健康ランド』……」と私は云った。

「楽しいですよー。庶民の天国です」

「『クアハウス』じゃ駄目ですか」

「『クアハウス』……」とサクマさんの表情が曇る。「そんなお洒落《しゃれ》なところは駄目です」

「でも」

「第一、アカスリがないじゃないですか」

「アカスリ……」と私は呟く。それって「第一」だったのか？

私は乗り気になれなかった。庶民的な娯楽が苦手というか、嫌いなのだ。

今でもやっているのだろうか。NHKの『のど自慢』というテレビ番組があって、それをみる度《たび》に、いたたまれない気持ちになったものだ。

お年寄りが出てきて調子の外れた歌を歌う。カアンと鐘がひとつ鳴って、帰ろうとすると、必ず司会者が呼び止めるのだ。

「おばあちゃん、おばあちゃん、ちょっとちょっと」

なんて馴《な》れ馴《な》れしいんだ、と私は思う。

だが、「おばあちゃん」はにこにこと戻ってくる。

それから、ゲストの細川たかしを交えたとんちんかんで、しかし、ほのぼのと暖かい会話が始まるのだ。

人生の終着駅って「ここ」なのか、と思って私の目の前は暗くなった。

庶民の天国、おそろしい。

＊

その夜、サクマさんからメールが来た。

「いいところをみつけました」の下に貼り付けられたアドレスをクリックしてみる。そこに現れたのは「健康わくわくランド」の文字。気さくというか気取りがないというか、レイアウト、テキスト、色彩、どこからみても、庶民を煮詰めたようなサイトである。

トップページに「ご入館の際にフロントで『健康わくわくランド』のテーマ曲を歌ってください。通常入館料より五〇〇円割引き致します」と書いてある。テーマ曲とは、次のようなものだ。

♪い〜ぬは喜び庭かけまわり、私はランドの風呂はいるぅ♪

私の心のなかのわたせせいぞうが、ばたっと倒れるのがわかった。頑張れせいぞう、ハートカクテル、と励ましながら、さらにメニューをみていく。

・マーメイド会員には、アロハ・ムームー貸し出し無料
・十三種類のお風呂
・カラオケチャンピオン大会

・似顔絵コーナー
・開運十二支漫談
・夢授《ゆめさずけ》カリフォルニア気功（カリフォルニア生まれの気功パワーが貴方を癒します）

私の心のなかの片岡義男《かたおかよしお》が、がくっと膝《ひざ》をつくのがわかった。頑張れ義男、スローなブギにしてくれ、と声をかけながら、私はコメカミをぐりぐりと揉《も》んだ。「マーメイド」や「カラオケチャンピオン」や「開運」や「夢授」から、なんとか逃げられないものか。

サクマさんもムームー着るんですよ、と云ってみようか。だが、彼女の編集者根性は半端なものではない。わかりました、と答えて、たちまちマーメイドになってしまうのではないか。彼女のムームー姿はちょっとみてみたいような気がする。

いや、でも、アカスリがこわい。噂ではいちばん最後に「ほーら、こんなに大きなアカのダンゴが」とみせられるらしい。「これ、ぜんぶ、あなたからとれたんですよ」。ううっ、恥ずかしい。それから、サクマさんが同じことを云われるところを想像してどきどきする。

＊

駅に降り立った途端に、お湯と石鹸《せっけん》の匂いがしてきた。町全体が健康ランドなのか？　と思いながら、改札を抜けると、目の前にその建物はあった。いきなり「健康わくわくランド」に着いたのだ。

ドアを開けると、受付カウンターがあり、その向こうに鮮やかな青とピンクが溢れている。ムームーを着たお年寄りの群れである。これは……マーメイド会員の皆さんだろうか。サクマさんがこちらを振り向いた。

「さ、ほむらさん」

「は？」

「テーマ曲を」

「ええっ」

私の心のなかの村上春樹が泣きっ面になるのがわかった。頑張れ春樹、風の歌を聴け、と思いながら、私はもごもごと呟く。

♪い〜ぬは喜び庭かけまわり、

サクマさんはにこにこしている。

私はランドの風呂はいるぅ♪


歌い終わったとき、村上春樹の髪は真っ白になっていた。

「まずお風呂ですね、アカスリも申し込んでおきました」

サクマさんは妙に上機嫌である。美人で、仕事熱心で、TOEIC九〇〇点オーバーで、お休みには妹とペルーの遺跡をみにいくという行動パターンから、お嬢さんだと思い込んでいたが、案外庶民的なものが好きなのかもしれない。

浴室の入り口でサクマさんは女湯へ。私は男湯へ。

脱衣場の「どうぞ、お選びください」という貼り紙の下には、青いムームーの山。サイズは「男性M」「男性L」「男性力士」の三種類だ。「男性力士」……シュールな表現である。女湯には「女性力士」があるのか。あっても借りるひとは少ないであろう。一瞬考えてから「男性M」を借りる。

服を脱いで浴室のドアを開ける。裸、裸、裸、裸、裸、裸、こんなに大量の裸をみるのは初めてだ。ここには若い人間というものは殆《ほとん》どいない。おじさんかおじいさん、もしくはそれ以上という感じだ。人間の体って年をとるとこんな風になってゆくのか。思わずみつめてしまう。

かたん、かたん、かたん、という音に振り向くと、杖《つえ》をついた老人である。かたん、かたん、かたん、とそのまま杖と一緒にお湯のなかへ。

うーん、想像を超えている。

せっかく来たんだからリラックスしよう、と思って、私も薬草風呂に浸《つ》かる。不思議な匂いである。それから、壁に貼ってある効能書きを眺める。

・優れた薬効成分により明治後期以降多くの方々の健康を実現してきました

・ちゅるちゅるになります

明治後期以降、と、ちゅるちゅる、の落差にくらくらする。

薬草風呂はけっこう人気があって、人口密度が高い。他に人気があるのは、岩風呂、檜《ひのき》風呂、電気風呂、うたせ湯などだ。いちばん人が少ないのは水風呂である。

私の隣では、上品そうな老人がパンチパーマのおじさんに優しく話しかけている。

「あのね、ぼくはね、世界を股《また》に掛けた冒険家なんだよ」

私は驚いて、おじいさんの顔をみてしまう。

どうみても、冒険家にはみえない。

だが、話しかけられたおじさんは驚いた様子もなく穏やかに返事をしている。

「そうなの」

「うん、そうなの」

な、なんだか、いいムードだ。

「ドウ・ユー・リメンバー・ユア・ファースト・ラブ？」

突然、おじいさんが英語で囁いたので、びくっとする。

「きみはきみの初恋を憶《おぼ》えていますか？」

頭のなかで翻訳して、もう一度びくっとする。

さりげなく横をみると、おじいさんとおじさんはにこにこしながらぴったりと寄り添っている。

ふたりの頭上には、

・ちゅるちゅる（つるつる）になります

何故、こっちには（つるつる）がついているのだろう。「ちゅるちゅる」だけだとわかりにくいと思ったのか。仲良しなのか、ホモなのか。

いや、そんな細かいことを考えていたら、ここでは生きていけない。リラックス、リラックス、ここは楽しい場所なんだ、と自分に云いきかせる。

そのとき、天井からアナウンスが降ってくる。わんわんわんわん、反響して何を云っているのか、聞き取れない。どうもアカスリの呼び出しをしているようだ。

私は「順番」というものに敏感なので、自分の番かもと思って、慌ててアカスリルームを覗きに行く。

そこで待っていたのは、金髪（染めたのではなく本物の、つまり外国人）の若い女性である。美しい顔に逞《たくま》しい腕。美人女子プロレスラーという雰囲気だ。このひとがアカスリをしてくれるのだろうか。

「ほむらさん？」

「あ、はい」

「パンツをはいてください」

「ええ？」

お風呂でそんなこと云われても、と思っていると、お姉さんは「アカスリパンツ」というものを渡してくれる。それを穿《は》いて、ベッドに横たわると、いきなり、のしかかるようにしてごしごし擦り始める。すごい力だ。

「痛くないですか？」

「だ、だいじょうぶです」

「そうですか」

「はい」

「でも、ここは痛いでしょう」

そう云うなり、お姉さんはあばらの辺りをごりごりと擦る。

思わず声が出る。

「ひぃ」

「どうでしょう」

「いたいいたい」

「そうでしょう」

「そうでしょう」じゃないって。痛い。痛いよ。

三十分後、私は全身真っ赤になってアカスリルームを出た。

アカのダンゴはみせてもらえなかった。

*

脱衣場で、おそるおそる青いムームーを着てみる。

鏡の前に立つ。

似合わない。

照れたようなおこったような顔をしているのが、かっこわるい。

笑ってみる。

もっと変だ。

メモをとるための、大きなシステム手帳を抱えているのも情けない。が、今から、ジーンズを穿きなおすことはできない。「健康わくわくランド」のなかでは、ムームー以外の人間は天狗《てんぐ》のように目立ってしまうのだ。

落ち着かない気分のまま、脱衣場を出て、ロビーの椅子に座る。隣ではつるつる頭の怖そうなおじさんがふたり、やっぱソフトはうまいのう、と云いながらソフトクリームを嘗めている。

サクマさんが現れた。

ぱっと辺りが明るくなる。

ピンクのムームーがとても似合っている。

その派手さが逆にお洒落だ。

「あ、似合いますね」

「自分でも意外でした」

「かっこいい」

「ほむらさんは、あんまり……」

「いや、ムームーだけに……」

ムムっと思いました、のひと言を危うく飲み込む。

お湯に浸かったせいだろうか、なんだか、全身が「健康わくわくランド」になっているようだ。

＊

それから、マッサージ、骨量測定、血圧計、自転車漕《こ》ぎ、ブルブルベルトなどを試してみる。ブルブルベルトとは、お腹に大きなベルトを巻いてぶるぶるする痩身《そうしん》運動器具である。漫画のなかでしかみたことがなかったが、実在していたのか、これ。

それ以外にも、カラオケボックス、卓球、エアホッケー、映画、ゲーム、エステ、足裏健康法とここには全てが揃っているようだ。

サクマさんが期待していた「夢授カリフォルニア気功」は、先生がカリフォルニアに留学中につきお休み、とのことだった。

気がつくと、いつの間にか五時間以上が経過している。

不思議なもので、最初はあんなに異様に思えた見渡す限りのムームーにも慣れてくる。ここは別世界だと思えばいいのだ。

西暦二七六二年、核戦争後の世界では人類は皆ムームーになった、とナレーションが頭のなかを流れ出す。

ムームーそれは平和の証。

我ら新世紀のマーメイド。

新世紀のマーメイドは、焼肉を食べることにする。焼肉コーナーに座って、サクマさんと生ビールのジョッキをゴンと合わせる。

「お疲れさま」

「お疲れさま」

「ほむらさん、アカスリ、どうでした？」

「あ、外国の女性でした」

「こちらもそうでした。言葉があんまり必要ないからでしょうか」

「あ、そうか。その代わり怪力でしたね」

「ちょっと、痛かったです」

「夢授カリフォルニア気功は残念でした」

「留学じゃ、しょうがないですね」

「ええ、まあ、他にもいろいろと初めてのものがありましたから」

「ムームーなんてちょっと着られないですもんね」

「いや、核戦争の影響で人類は皆ムームーになるんです」

「は？」

私はいつの間にかすっかりリラックスしていた。私のなかの、せいぞう、義男、春樹も、なんだか恥ずかしそうににこにこしている。「馬鹿《ばか》者、にこにこするな」と三人を叱《しか》りながら、私はいそいそと骨付きカルビをひっくり返す。

ゲロネクタイの翼

朝、会社に行くためにいつもの電車に乗ったとき、なんだか体調が悪かった。そういうことは滅多にないので、気のせいだろう、と思い直す。若い女性が電車のなかでしゃがみこんだり、ホームのベンチで休んでいる姿をみることはあるが、自分が貧血になったことは一度もないのだ。

ところが、その朝はどうも様子が違った。体が熱いような冷たいような感じで、ふわふわする。吊革を握っている手に力が入らない。変だな、と思いつつ、頭のなかでは、今日の予定を考えている。午後から会社説明会だ。就職希望の学生たちに、私の会社のことを説明して、現場を見学させ、システムエンジニアという仕事の魅力を伝えなくてはならない。

「『サザエさん』のマスオさんのようなサラリーマンは今や絶滅寸前です。これからの社会で楽しく生きていくためにははっきりと何かができるひとになる以外に道はありません。やりがいと責任は表裏一体です。十年後の会社に懸けるよりも十年後の自分自身に懸ける方が悔いのない道ではないでしょうか」

　学生向けの説明を脳内で練習しながら、気がつくと、冷や汗でびっしょりだ。自分の顔色が急速に青ざめていくのがわかる。これは、なにか、おかしい、と思った瞬間に、意識がぶんとシフトしている。会社のことが吹っ飛んで、次の駅まで立っていられるか、吐かずにいられるか、ということがこの世の全てになる。なに、これ、おれ、なんで、でも、吐きそうだ。口を締めてないと、吐きそう。

　まもなくウメノツカ、ウメノツカ、というアナウンスが耳に入って、一瞬、ほっとする。だが、電車は動き続けて止まる気配がない。なかなか駅に着かない。「まもなく」って云ったのに、「まもなく」って、と頭のなかで泣きながら訴える。

　まだかまだかまだかまだかまだか。はやく止まってくれ。ドアを開けてくれ、じゃないと、目の前のひとの頭に吐いてしまう。はやくはやくはやくはやくはやく。もう、駄目。もう、もう、もう、吐く。吐く。吐く。吐く。吐く。冷や汗。涙。

　やっとドアが開いて私は転がり出る。ひと口ゲロを垂らしながら、行かないであなた、とすがる女の子のような姿勢でベンチに倒れ込んではあはあはあはあはあはあはあはあはあ。

周囲には、人間が動く気配が充ちている。それぞれの目的に向かって急ぐ朝の人々のなかで、ぶっ倒れてひくひくしている自分の周りだけが、ぽっかり真空になっているようだ。恥ずかしいような、申し訳ないような、もうどうでもいいような気分だ。薄く目を開けると、ネクタイの端にゲロが付いているのがみえる。「ああ、駄目だ／ああ、自由だ」のふたつの感覚に同時に襲われる。

やがて吐き気が少しだけ和らぐ。この姿勢、変、と思って目を閉じたまま仰向《あおむ》けになる。大丈夫ですか、と駅員が寄ってくるところを想像するが、誰も近づいて来ない。硬い、冷たいベンチに私はひとりで転がっている。両側のホームに、電車が何本も入ってきては出てゆく。

私の通勤時間は片道一時間五十分。駅の数は合計二十個以上ある。それを十六年間通い続けてきたのだ。普段は当然のように感じていたが、いったん「ゲロネクタイ」状態に転落してみると、それは二度と通えないほど遠い、信じられない道のりに思える。西遊記だ。

二十分ほどそのまま休んで、ゆっくりと体を起こす。まだふわふわするが、吐き気はおさまっている。なんとか立てそうだ。私はがらがらの下り電車に乗って帰ることにする。駅からタクシーで家へ。午前の空気のなかで、ベッドにしゅるんと入って目を閉じる。ああ、楽だ。

次の朝、目をあけると体調はほぼ復活していた。だが、急に倒れた原因がわからなくてなんだか気味が悪い。そう云えば、ここ数週間心臓がとくとく変な打ち方をしていたような気がする。医者に行くべきかもしれない。私の祖母は心筋梗塞《こうそく》で亡くなっている。母も叔父も同じ病気の発作で倒れて、心臓カテーテルの手術を受けた。遺伝的に心臓が弱い家系なのかもしれない。

突然死ぬのは困る。私には妻や子供はいないから、一般的な意味での心残りや思い残すことはないと云えるかもしれない。部屋が汚いからとか、下着が干してあるから死ねないとかいう女性もいるが、いばるわけではないが、私はぐちゃぐちゃな部屋や下着をみられても平気だ。

だが、そんな私にもただひとつ、みられたくないものがある。それは普段使っているコンピュータのディスクの中身だ。これはまずい。そう思うのは、おそらく私だけではないだろう。人間が死んでもそのひとのコンピュータが残るということは、脳の一部が死後も残るようなものである。故人に対する未練や愛情から、遺族がその中身をみたがっても不思議ではない。

だが、例えば電子メールの履歴ひとつとっても、今は亡き夫が、妻が、いつ誰とどんなやりとりをしていたのか、その全てを知るのには大きなリスクを伴う。知りたくなかったことを知ってしまって、幸福だと信じていた夫婦の一生が、一気に覆《くつがえ》ってしまうこともあり得る。

自分はもう死んでしまっているから、そのあとで何がどうなろうと知ったことか、という強気のスタンスもあるかとは思うが、普通はなかなかそこまで思い切れないのではないか。

さらに物書きの場合は、未発表の原稿があるかもしれない、などの理由で、死後の電子脳を探られる可能性は高い。まずいのである。

死後の電子脳からみられたくないデータを消去するにはどうすればいいのか。解決策のひとつとして、コンピュータに一定の時間アクセスがないと指定したデータが消去されるというソフトがあるらしいが、それはそれでどうも落ち着かない。設定時間が経過する前に誰かに覗かれる可能性もあり得る。厳密にタイミングを測ろうとするなら、そのひとの心臓が止まった瞬間にディスクを消滅させるような仕組みが要求される。それは難しいだろう。そんなタイミングをどうやって測れと云うのか、脳死や臓器移植なみの大問題だ（ちがうか）。絶対みられたくないファイルに「絶対みるな」というファイル名をつけても逆効果だろう。

そんなわけで、会社の近くの病院に行ってみることにした。診察室で、初老の医師に向かって私は訴えた。

突然、電車のなかで気分が悪くなったのです。今までそんなことはなかったです。心臓がとくとくとくって変な打ち方をします。祖母と母と叔父が心筋梗塞で倒れています。

次々に不安を並べ立てると、銀髪の医師は、穏やかな表情でひとつひとつゆっくりと頷きながら、メモをとっている。その姿はこちらに安心感を与えるものだった。

だが、ふと背後の本棚に目を走らせたとき、そこに『ゼッタイわかる胸部X線写真の読み方』という背表紙をみつけてしまった。「ゼッタイわかる」って……、一気に不安な気持ちになる。

その場で血圧と脈数を計り、別室で心臓の大きさをみるレントゲンを撮り、さらに心電図をとったあとで、再び診察室に呼ばれた。

「今日の検査では特に異常はないようです。ただこの心電図では一分間のデータしかとれないので、不整脈の自覚があるのでしたら、安心のために一度ホルター心電図検査をなさってはどうでしょう」と先生は云った。

「ホルター心電図って何ですか？」と訊くと、二十四時間計測の心電図とのこと。じゃあ、二十四時間ベッドに横たわっていなくてはならないのか、と思ったら、どうもそうではないらしい。小型の計測器を付けて普段通りの日常生活を送る。その間の心臓の状態を記録して分析するのだという。

「お風呂には入れませんが、他は普段通りでけっこうです」

「では、お願いします」

駅のベンチに倒れてはあはあすること自体が初めての経験だったが、その結果、図らずもホルター心電図をも体験することになった。別室で待っていると、看護婦さんが小さな弁当箱のようなものを持って入ってくる。ホルター心電図の計測器らしい。胸をアルコール消毒されて、数カ所に電極が取り付けられてゆく。くすぐったい。看護婦さんは新人らしく、いちいち本をみながら取り付けてゆく。不安だ。

計測器を手にとってみて驚く。こいつは色といい大きさといい質感といい装着位置といいなかにカセットテープが入っているところといい、私が学生の頃に持っていたウォークマンIIにそっくりだ。ひっくり返してみると、ロゴまで「ｗａｌｋなんとか」である。もしや、これもソニー製品なのか？

あの頃、私はウォークマンⅡでサザンや佐野元春を聴きながら、電車でガールフレンドを送って行ったものだった。二本のイヤホンでひとつの音楽を分け合うのだ。彼女の家のひとつ手前の曲がり角でキスをして、バイバイと手を振って駅まで戻る。切符を買おうとすると小銭がない。券売機はお札が使えない。困った私は、唯一夜遅くまでやっている近所の八百屋（その頃はまだ今のように町中がコンビニだらけではなかった）で、いちばん安いレモンを買ってお金をくずす。それを繰り返すうちに、私の部屋はレモンだらけになってしまった。青春丸出しの思い出である。

そのときのガールフレンドも今では二児の母親だ。たまたま昨年会う機会があったのだが、夫との仲は冷えて、それぞれが別の恋人を持ち、老いた両親が同時にアルツハイマーで倒れたとのことだった。

看病に戻った実家（私が送って行ったあの家だ）のタンスや机の引き出しや冷蔵庫からさまざまな銀行の通帳が現れて、その数は数十冊に及んだという。なんでそんなことが、と思うが、惚けた老人の精一杯の保身意識が生んだ行動なのだろう。冷凍庫からこちこちに凍った通帳が何冊も出てくるところを想像して怖くなる。

人生とはウォークマンからホルター心電図計測器への、レモンがごろごろしている部屋から通帳がざくざく現れる部屋への、緩やかで容赦ない移行に過ぎないのだろうか。胸に電極を取り付けられながら、そんなことをぼんやり考える。

ようやく準備が完了して、スタートボタンが押される。それから「行動記録カード」というものを渡される。「これに一日の行動をできるだけ細かく記入してください」とのことだ。

カードの行動欄には、「歩行」「階段昇降」「飲酒」「トイレ」「仕事」などの項目がある。お医者さんは心電図のカセットに残された記録をみながら、行動記録を突き合わせて判断するらしい。ここで心拍数が上がっているのは、お酒を飲んだからだ、とか、階段を昇ったからだ、とか。

そのとき、不意に衝立《ついたて》をひとつ隔てた向こう側から声が降ってきた。

「では、とりつけますねー、胸をだしてください」

「あ」

「あ、くすぐったいですか」

看護婦さんと女性の患者のやりとりだ。私はどきどきして、あ、このどきどきが今記録されてるのか、まずい、と思ってさらにどきどきしてしまう。

病院を出ると、もう夜だ。せっかくだから、この機械を誰かにみせたいな、と思う。

女性を食事に誘ってみようか。だが、そんなことをすると、どきどきが増えそうだ。「行動記録カード」をひっぱりだしてみると、項目のなかに「食事」はあっても「デート」はない。もちろん「キス」も「セックス」もない。そうすると、後で記入に困ることになる。根が生真面目なせいか、血液型がA型のせいか、総務部のせいか、私はイレギュラーな出来事に対する臨機応変な対応が苦手なのだ。どうしよう。まあ、常識的にはそううまくことは運ばないとは思う。でも、万一、相手が女性には珍しいメカマニアで、この機械が大変気に入られて、「キス」とか「セックス」とかいうことになったら、どうする。ワタシハデキナイノデス。サイボーグの苦悩を味わいながら、結局ひとりで上野六丁目食堂に行くことにする。ビールを飲んでひとりでどきどきする。

翌日は会社説明会だった。私は「行動記録カード」に「仕事」と書き込んでから、学生たちに向かって語り始める。

「『サザエさん』のマスオさんのようなサラリーマンは今や絶滅寸前です。これからの社会で楽しく生きていくためにははっきりと何かができるひとになる以外に道はありません。やりがいと責任は表裏一体です。十年後の会社に懸けるよりも十年後の自分自身に懸ける方が悔いのない道ではないでしょうか。その道を全うするためには、やる気や適性に加えて健康管理も大切です。かくいう私も電車のなかで突然気持ちが悪くなってしまって、先週の説明会を欠席してしまいました。与えられた責任を果たせなかったわけです。その原因を探るために、今日はホルター心電図を付けています。これがそうです。これ、学生の頃に使っていたウォークマンIIにそっくりなんです。なかにはちゃんとカセットテープも回っています。胸が静かなときにはその静けさが、どきどきしたらどきどきが、このテープのなかに刻々と記録されていくわけです」

学生たちは「マスオさん」「十年後」「自分自身に懸ける」「ウォークマン」「どきどき」などとメモをとりながら、だんだん不安そうな表情になってゆく。ウォークマンを知らないのだろうか。いくつもの不安そうな目にみつめられながら、私は話し続ける。

「ゲロで汚れたネクタイは棄《す》てました。今日のネクタイはきれいです。みえますか、今日のネクタイはきれいです」

ホルター心電図検査の結果は一カ月後になるということだ。

一日お父さん〈昼の部〉

子供が苦手である。私はひとりっこで、近くに親戚などもおらず、小さな子供と関わった経験がないため、どのように扱っていいのか見当がつかないのだ。それに町でみかける彼らはとんでもない存在に思える。

電車のなかで小さな男の子が年輩の男性に向かって「おじちゃん、どうして禿《は》げてるの?」と、何度もくり返し訊いているのをみて、その素直な瞳に震えあがったことがある。

その一方で、このまま子供のいない人生がずっと進んでいっていいものか、とも考える。プールサイドで小さな女の子を胸の上に乗せたまま、眠っているお父さんをみて、その一体感に羨《うらや》ましさを覚えるのだ。

子供ってすごくいいものなのか、それともうるさくて邪魔なものなのか。それさえもてば腹の底から勇気が出てこの世に怖いものがなくなるのか、それともそんなのは子供のいない人間の幻想なのか。あたまで考えるものじゃない、と云われるが、やはり考えてしまう。

ソムリエという職業があって、ワインの味わいが理解できないひとにその魅力を言葉で教えてくれるという。朝靄《もや》に包まれた森の奥で振り返った鹿のまなざしのようなとかなんとかいろいろ凄い言葉を繰り出して、ワインがよくわからないひとを説得してくれるらしい。子供ソムリエというものがあって、その魅力を伝えてくれればいいのに、と思う。だが、そんなソムリエは存在しないのだ。

先日、『現実入門』の連載を読んでくれた友人から、お休みの一日を子供と一緒に遊んでみませんか、というお誘いをいただいた。

「一日お父さん」である。誘ってくれた友人はライターで、彼女のところには七歳と四歳の女の子がいる。

「うちの子供たちは人なつっこいから大丈夫、凄く若いガールフレンドだと思えばいいんだよ、若いガールフレンド好きでしょう」と彼女は云った。

「それは……、好きです、けど」と私は云った。

*

待ち合わせの大森駅ロータリーの交番前に立っていると、携帯が震えた。「お母さん」からだ。

「もしもし、あ、今、子供と一緒に車でそちらに向かってるんだけど、ひとつお願いしてもいいですか」

「あ、はい」

「子供たちが、今日、海浜公園で蟹釣《かにつ》りをしたいって云ってるんだけど、凧糸《たこいと》がないの。駅の東急で凧糸を買っておいてもらえないかしら」

「は、はい」

そうか、「お父さん」ってこういうものか、と思いながら、カニツリがなんだかよくわからないまま、タコイトタコイトと唱えながら、東急のなかに突進する。

だが、タコイトはいったい何売り場に売っているのか、見当がつかない。私は普段こういうビルで本屋とコーヒーショップ以外の場所に行くことはないのだ。

「凧」だからおもちゃ売り場かなと思って行ってみる。無い。

「糸」だから布とかボタンの売り場かなと思って行ってみる。無い。無い、無い、と焦りながら、フロアからフロア、売り場から売り場を彷徨う。タコイトひとつがみつけられないようでは、到底「お父さん」になんてなれないよ。

そのとき、携帯が震える。あ、ま、まだ、タコイトまだ、と思いながら、電話に出るとサクマさんの声がきこえた。

「今、待ち合わせの場所に来たんですけど……」

事情を説明して、東急の方に来て貰うことにする。サクマさんの顔をみるなり、私は訴えた。

「タコイトが、みつからなくって、カニツリが……」

「それは、たぶん調理のコーナーだと思います」と、瞬時に答えが返ってくる。

調理コーナーに行ってみる。あった！

そうか、タコイトは調理糸だったのか。

サクマさんはやっぱり凄いな、僕は駄目だ、とがっくりする。

＊

タコイトを手にロータリーに戻ると、赤い車がとまっている。あれだ。サクマさんは助手席に、私は最初が大事だと思って、勇気を出して、子供たちが座っている後部座席にえいっと乗り込む。

みんなにサクマさんを紹介して、「お母さん」にナナちゃんとチイちゃんを紹介して貰う。ナナちゃんは小学校一年生、チイちゃんは四歳になったばかり。二〇〇一年生まれってことは、二十一世紀じゃん。

ナナちゃんとチイちゃんがにこにこと握手をしてくれたので、ほっとする。小さな手を握りながら、あ、どうも、と云ってから、こんな大人にするような挨拶じゃなくて、もっと、フレンドリーにハイテンションにいかないと、と思って、こんにちはー、と云ってみる。コンニチハー、と妙に甲高《かんだか》い声が出て、きょとんとされてしまう。

海浜公園にはきれいな芝生があって、その向こうにお船と羽田の飛行機がみえる。まるで子供の頃の絵本のなかに入ったようだ。

芝生の上には縄跳びをする家族。お父さんとお母さんが両端をもって回すロープを子供たちがぴょんぴょん跳んでいる。お隣には小さな女の子が飛ばすシャボン玉をあむあむと食べる真似をする若いお父さんの姿がある。子供の吹いたシャボン玉は最高においしいのだろう。普段の私の生活ではまずみることのない光景だ。

早速、レジャーシートを広げてお昼御飯にする。「お母さん」がおにぎりや唐揚げやサラダを沢山つくってきてくれたのだ。連載を何本も抱えるライターなのに、こんなこともちゃんとできるなんて凄い、と尊敬する。割り箸やスプーンをとんとんと並べ、最後にぽんと置かれたのは「おしりふき」だ。

「子供のいる家ではこれが定番なの。ウエットティッシュより便利なんですよ」と、云いながら、一枚抜いて渡してくれる。

「どうぞ」

「ど、どうも」

「大丈夫よ。使ってないから」

「そ、それはそうでしょうね」

年の離れた妹がいるから子供は得意です、という言葉の通り、サクマさんはナナちゃんたちと、すぐになじんで仲良くじゃれあっている。

どうやって仲良くなってるんだろう、と思って、秘密を探るためにじっと観察する。だが、サクマさんは、何組ー？　とか、学校たのしいー？　とか、何食べるー？　とかシンプルなことを訊いているだけだ。

私も、真似をして、何か訊いてみようとするが、言葉が出てこない。好きな食べ物は何？　とか訊いて、無視されるのがこわいのだ。

よくみていると、サクマさんの問いかけもしばしば無視されている。だが、それを気にせずさらに二の矢三の矢を放つことによって、子供との関係性がどんどん滑らかになっているようだ。

「チイちゃん、なに食べる？　なにがすき？」

（飛行機に気を取られてチイちゃんきいていない）

「ブロッコリーかな？」

「いやあ」

「唐揚げかな？」

「いやあ」

「タマゴかな？」

「うん」

「じゃあ、食べようね」

「うん」

「おいしい？」

「うん、お姉ちゃんも」

「あら、お姉ちゃんにもくれるの？」

「食べてー」

「ありがとー」

（ふたりは仲良し）


うーん、そうか。そうやるのか。もう、わかったぞ。

だが、理屈はわかってもこのような仲良しサイクルを作り出すことは私にはできそうもない。はじめに無視された段階でくじけてしまいそうだ。エゴが傷つくのがこわいのだ。

そもそも、私は子供が好きな食べ物は何か、とか、学校は楽しいか、というようなことに興味がない。興味がないのに問いかけるのは嘘をつくことになる。子供はそういう嘘を鋭く見抜くのではないか。

相手が子供とはいえ、いや、子供だからこそ、こちらが本当に訊いてみたいこと、興味のあることを尋ねるのが誠意ある態度ではないか。

では、私が本当に興味のあること、子供に訊いてみたいことって何だろう。

うーん。

「セックスって何か知ってる？」だろうか。

でも、「お母さん」の前ではちょっと訊きにくい。かといってこっそり訊いたりしたら、あとで「ねえママ、あのおじさん、セックスって知ってる？　って云ってたよ」などと報告されて困ったことになる。

いくら「それが子供に対して誠実な態度だと思った」と云っても、なかなかわかって貰えないであろう。

そうだ、と思いついて、鞄のなかからお土産のペッツを取り出す。何かお土産があった方がいい、とサクマさんにアドバイスを受けて、東急で買っておいたのだ。ペッツの顔はオレンジの熊とピンクの豚である。それを見た瞬間に、ナナちゃんとチイちゃんの顔がぱっと明るくなる。やった受けた、と思って嬉しくなる。

＊

食事の後は、蟹釣りだ。タコイトの先にサキイカを結びつけたものを割り箸に縛って竿《さお》をつくる。岩場の隙間《すきま》から糸を垂らして待つ。が、なんの反応もない。覗いても蟹の影もかたちもないようだ。それに、ここ、ちょっと寒くないか。

だが、子供たちはオーバーアクションで楽しんでいる。


「すごいカニがいた！」

「どこー？」

「すごいの」

「どんなの？」

「ほら、ちょっと死んでる」

「すごーい」


うーん、そうか。いや、なんだかよくわからないが、でも、ここは、たぶん、「お父さん」が釣ってみせなくてはならない場面だ。そう思って緊張する。風は冷たく、蟹の姿はみえず、なんだか、釣れそうな気がしないのだ。

私の緊張を察してか、子供たちも近づいてこない。リラックス、リラックス、釣りキチ三平を思い出せ。だが、水のなかではサキイカがほどけながら白く揺れるばかりだ。

そのとき、釣れたー、という声があがる。

「お母さん」だ。キャー、ママ、すごーい、すごーい、という歓声。

結局、我々の収穫はその一匹だけだった。

「シーズンオフだったのかしら、釣れなくてごめんなさいね」と「お母さん」に謝られて、私は恐縮した。

蟹釣りのあとは、みんなで、ブランコ、シーソー、ジャングルジムなどをする。ナナちゃんといっしょにブランコを漕いだり、チイちゃんをジャングルジムの高いところに乗せてあげたりして、少しだけ一緒に遊ぶことができた。

会話よりは運動の方が自然なコミュニケーションがもてるのかもしれない。コミュニケーション、それは触れ合い。「お父さん」との触れ合いと云えばやはり肩車だろう。実は「一日お父さん」の話をもらったときから、ずっとそのことを考えていたのだ。だが、肩車しよう、の一言がどうしても云い出せない。いきなり後ろから脚の間にあたまをすぼっと突っ込んだら、驚くだろうか。驚くだろうな、と思いながら、ナナちゃんとチイちゃんの背後をうろうろする。

一日お父さん〈夜の部〉

早春の日曜日、「一日お父さん」になった私は、「一日家族」たちと一緒に海浜公園で遊んでいた。いつの間にか時間が過ぎて、気がつくと海の向こうの日が傾いている。みんなで「お家」に帰ることにする。

「お母さん」の運転する車のなかで、ナナちゃんとチイちゃんがお人形ごっこを始める。ペッツを手に持ってお話をしているのだ。

「こんにちはー」

「にげろー」

「まてー」

「ここまできてみよーん」

おおおれのあげたペッツで子供たちが遊んでいる、と思って感動する。天国の光景のようだ。

サクマさんは子供たちとますます仲良しだ。担当編集者として、ぎくしゃくした「お父さん」の代わりに少しでも取材するつもりなのかもしれない。

サクマ「チイちゃんは、どんな男の人が好きなの？」

チイ「タクヤとタカミサカリ」

タクヤとタカミサカリって、全然、関連がないような……、夕行が好きなのか？

サクマ「お家で何か飼ってるの？」

ナナ「猫と亀」

サクマ「亀はお名前なんていうの？」

チイ「ジョン子だよ」

ナナ「最初ジョンだったけど、卵生んだからジョン子になったの」

うーん、そうか。しかし、ジョンってそもそも犬の名前では？　と私は思う。そのときナナちゃんが私に向かって云った。

ナナ「猫もここ（車の中）でバイトしていたよ、カエルみたいに座って」

ホムラ「え、そうなの」

私はナナちゃんに話しかけて貰ったことがとても嬉しく、なんとか会話を先に進めたいと焦る。が、この場面でなんと云うべきか。コメントが難しい。「猫が車のなかでカエルみたいに座ってバイトしている」というのが一体どういう状況なのか、私には全く想像できないのだ。迷った末にこう尋ねた。

ホムラ「何のアルバイト？」

ナナ「猫のアルバイトだよ」

ううう、難しい。

子供の云うことはときどき難しい。

そのとき、チイちゃんがくるっと振り向いて助け船（？）を出してくれる。

チイ「人間は羽根ないよー、だって手だもん」

う、うん、そうだね。手だね。でも何故突然？

ナナ「うちの猫、いっしょに寝てるよ、だってオスとメスだもん」

え、そうなの、と呟きつつ、どぎまぎする。駄目だ、いちいち理由や理屈を考えていては、とてもついていけない。

＊

「お家」に着いた。御飯の前に、みんなで人生ゲームをすることになる。まだあったのか、このゲーム。子供の頃、お正月などに親戚が集まってやった記憶がある。「億万長者になるか、貧乏農場へゆくか」というテレビのコマーシャルを憶えている。

しかし、「貧乏農場」って、一体なんだったんだろう。

基本的なルールは当時と同じだが、内容にはさすがに変化がみられる。
・インターネットで自分のホームページをつくる、５０００ドル払う。
・恋人とデート、イタメシ代３０００ドル払う。
「イタメシ」って決まってるのか。かと思えば、妙に古臭いのもある。
・マツタケ発見！　１００００ドルで売れる。
・オオクワガタ発見！　２５０００ドルで売れる。
「オオクワガタ」が「マンション」と同じ値段だ……。シュールな世界である。

やがて、チイちゃんは眠くなったのか、ルーレットを回す手が止まってしまう。ソファーに行ってねんねしようね、と云われて、いやいやしながら眠ってしまう。かわいい。

公園で沢山遊んだからねー。

うん、あれだけ走り回ればねー。

子供って、ぱたっと寝ちゃうよねー。

などとみんなで云い合っているうちに、なんだか、瞼《まぶた》が重くなってくる。

今日は私にしてはとても早起きだったのだ。ホットカーペットはぽかぽかと暖かく、
眠りの世界に引き込まれそうだ。

いかん。

寝るな。

ここで眠ってはいけない。

ここで眠ったら「お父さん」ではなくて、「二番目に小さな子供」になってしまう。

朦朧《もうろう》としながら、懸命にルーレットを回してコマを進める。ひいふうみいよういつむうなな……。

・宇宙人と友達になって「白い恋人」を貰う。

何故、「宇宙人」が……「白い恋人」を……それって、「北海道人」なのでは？

ほむらさん？

う、はい。

大丈夫？

あ、大丈夫です。ちょっと顔を洗ってきます。

洗面所から戻ったとき、「ごはんですよ」と声がかかる。「お母さん」、ナナちゃん、サクマさんと一緒に食卓に着く。今日の晩御飯はブラウン・シチュー。楽しい団欒《だんらん》の始まりだ。

ナナ「ママ、あのね、口がね、ここまである女の人がいるんだって」
ママ「ああ、口裂け女ね」
ナナ「え、ママ、知ってるの？」
ママ「うん」
ナナ「おともだち？」
ママ「ちがうけど……」
ナナ「ねえ、ママ毎晩とかげのしっぽ切ってたの？」
ママ「だれが……そんなことを」
ナナ「ママ、人間の耳も切っても生えてくるの？」

ママ「だれが……そんなことを」

ナナ「あのね、土方歳三《ひじかたとしぞう》のママが、云ってたよ」

ナナちゃんの話は面白いなー、と思って聞いていると、ソファーで眠っていたはずのチイちゃんがむっくりと起きあがる。どうしたんだろう、と思ってみていると、とことことテレビの前に歩いてゆく。

ひとりでブラウン管に向かって、「こわいー、チイちゃん、これたべたことない」と呟いている。

何を「たべたことない」のかな、と思って画面を覗いてみると「野際陽子《のぎわようこ》」である。

食べないだろう、普通。

＊

食後の紅茶を飲み、ケーキを食べていると、チイちゃんが、ママ疲れたでしょう、と「お母さん」のところに肩を叩きにくる。やさしい。

実際ママは大変だと思う。今日一日みていてよくわかったが、物凄い仕事量だ。

だが、「お母さん」はチイちゃんにこう云った。

「『お父さん』を叩いてあげて」

うう、どうもありがとう。

チイちゃんの柔らかい手が私の肩に触れたとたん、今だ、と思って、そのまま宙に抱え上げる。

あ、このタイミングは、女の子（もう少し大きな）を夜の四谷《よつや》の土手（に決まってるのか？）で抱き寄せるときとおんなじだ、と思いつつ、キスではなく、高い高いをするとチイちゃんは大喜びだ。

さらに足首をもって逆さ吊り、おんぶ、そして念願の肩車。おおこれが肩車か。子供って軽いんだなー。

てんじょうだー、とチイちゃんは叫んでいる。

さらにナナちゃんも加わっての後ろ回り。

両手をとって、「お父さん」の体の前面に足をかけて後方にくるっとまわるやつだ。

ああ、こういうのあったな、と思い出す。記憶が体の深いところに眠っていたのだ。

子供たちは大喜びで、遊びには終わりというものがない。

肩車をされて、たかいたかーいと叫びながら、小さな手で目隠しをしてくる。ははは、ふふふふ、はははは、みえないみえないよ。

＊

駅までの道は、もう深夜に近かった。

歩いているうちに、いつもの夜中心の生活感覚が戻ってくる。

どこまでも続く闇と光の道をふわふわとゆく。

帰るべき家も、待っているひともなく、ぼくは自由だ。

「可愛い子供たちで、よかったですね」とサクマさんが云った。

「え、可愛くない子供もいるの」と私は云った。

「それは、いろいろですよ」

そうなのか。

自分の子供が可愛くなかったらどうしよう、と思って不安になる。

小さな女の子に肩車をする楽しみと、もう少し大きな女の子にベッドのなかで腕枕《うでまくら》する楽しみと、どっちが深い楽しみなんだろう、とぼんやり思う。

どっちかに決めなきゃいけないものなのか、それとも人生にはどっちもあっていいのか。

後日、「お母さん」から写真が送られてきた。

お昼御飯、蟹釣り、ブランコ、ジャングルジム、人生ゲーム、肩車。

写真のなかの自分が、意外に自然に楽しそうに子供たちと遊んでいるのがとても不思議に思える。

これはパラレルワールドの自分か、それとも未来の姿なのか。

ダンディーと競馬

「次の初体験、競馬はどうですか」とサクマさんは云った。

「あ、ええ」と私は云った。

「行かれたことあります？」

「ないです。ないです」

そういえば、周囲に競馬好きの友人は沢山いるのだが、私は一度もやったことがないのだ。

競馬に限らず、ギャンブルは殆ど未経験だ。

パチンコはあたまが痛くなってしまうので、あの激しい空間に入れないし、競輪競艇カジノなどには縁がなかった。大学生のときに麻雀《マージャン》を少しやったが、それも点数の数え方がわからないというレベルだ。

「最近の競馬場はとても綺麗になっていて、若い女性にも人気なんですよ」

サクマさんはにこにこしながら、ＪＲＡの宣伝のようなことを云っている。競馬が好きなのかもしれない。

ちょうどオークスという大きなレースがあって、サクマさんと同僚の女性と競馬に詳しい元上司が行く予定とのことで、私も同行させてもらうことになった。

＊

明大前の改札でサクマさんと待ち合わせて東府中まで、そこから府中競馬場へ向かう線に乗り換える辺りで、周囲の人々の雰囲気が変化してくる。

まず、野球帽を被ったおじさんが増えてくる。彼らの多くは新聞を広げている。私はすかさず耳元をチェックするが、赤エンピツを挿しているひとはいないようだ。残念。今はそういうのはなくなったのだろうか。

私の斜め前に立っているひとが、大きなビニール袋をぶら下げている。なんだろうと思って覗いてみると、袋のなかにはメロンパンがぎっしり、おそらく十個以上入っている。

きた、と私は思う。

メロンパン星人だ。

サクマさんは競馬場もお洒落になってきたと云っていたが、まだまだ異次元な人々がいるようだ。

私にはギャンブルにはまる根性はないが、濃い場所に発生する異次元の空気に対する憧れはひと一倍強いのだ。早くも日常を超越した存在に出会えて、どきどきしてくる。

これが主食なのかな、と思いながら、私はメロンパンの塊をじっとみつめる。メロンパン星人は心配そうな顔でぎゅっと袋を握りしめた。あ、ごめん、大事なんだね。

府中競馬正門前の駅で切符の精算をしているところで、サクマさんの同僚のイイヤマさんに声をかけられる。

「こんにちは」

「こんにちは、初めまして」

「今日はよろしくお願いします」

「こちらこそ。よろしくお願いします」

美人。そして、真っ直ぐにこちらの目をみつめてくる。みるからに仕事ができそうな雰囲気だ。

やはりカエルの子はカエル、じゃなくて、朱に交われば赤くなる、じゃなくて、なんだっけ、そうか、類は友を呼ぶ、だな、と思う。正しい諺を思い出せて満足だ。

「サクマとふたりでここに来ることもあるんですよ」とイイヤマさんはにっこりする。女同士で競馬、かっこいい。

三人で改札を出る。競馬場までの路上には、いろいろな競馬新聞が売られている。

「買っていきましょう」とサクマさんが云う。

沢山の新聞のなかに『馬』というのがあって、そのまんまだなあ、と感心する。

私も適当に一紙買ってみる。

一面のコラムに目を通す。


　桜の花弁に乗せた乙女の願いは、春風とともに母の元へ届けられた。

　初夏の光に乗せた乙女の祈りは、南風とともに姉の側へ届くことだろう。


は？　と思う。

何のことだかまったく理解できない。

どこが競馬の予想なんだろう。

これは、あれだよ。

ポエム？

私は自分が中学生のときに書いたポエムを懐かしく思い出した。


さくらんぼうの初恋は甘くてすっぱいチェリーラブ……

＊

入り口のところで、サクマさんの元上司のスザキさんと待ち合わせをする。

スザキさんは、今は定年で引退されているが、現役時代は光文社一のダンディーで、女性社員の間に「スザキさんを囲む会」があったそうだ。

「どんなところが素敵なの」と訊いてみる。

「だって」「それは」ふたりの女性が同時に云った。

「スザキさんは『バレンタインデー』を知らなかったんですよ」

「そうなんです」

「チョコをあげたら不思議そうな顔をなさったんです」

ふたりは目をきらきらさせている。

うーん、と私は思う。

それから、「バレンタインデー」を知らないジェントルな競馬狂を想像してみる。

なんとなく、かっこよさがわかるような気がする。

それに人間も動物だから、異性を選ぶ目の精度は本来高いはずなのだ。

プライベートの恋愛の現場では、ブレが生じて、その精度は狂いがちだが、職場のような公のところでそこまで異性に人気があるということは、よほど魅力があるんだろう。

バレンタインデーを知らなかったひとは、ゆっくりと歩いてきた。立ち止まって軽く会釈をする。

「スザキです。今日はよろしくお願い致します」と笑顔を浮かべる。優しい目の光。

「ほむらです。ホワイトデーもあるんですよ」

「は？」

「あ、いえ、なんでもありません。よろしくお願いします。こんにちは」

どぎまぎして挨拶の順番が狂ってしまう。

私は素敵な男性に弱いのだ。

スザキさんの姿勢の良さ、また深みのある声と表情から、修羅場を潜った清潔感のようなものが感じられる。

バレンタインデーからもホワイトデーからも遥かに遠い、ギャンブルの異次元世界で鍛えられてきたんだな、と思ってどきどきする。

＊

運動場のようなところを出走前の馬たちがくるくると歩いている。

お客さんたちはその様子から、馬の体調や気合いなどを判断して、レース予想の参考にするのだそうだ。

近くでみる馬たちはとても綺麗だ。

付き添いの人間に首をすりすりして甘えているのもいてかわいい。

途中でころころと糞《ふん》が溢れてきて、びっくりする。

人間とは違うなあ、と感心する。

人間は滅多に歩きながら糞をしないからだ。

＊

私たちは清潔な建物のなかを四階まで上ってゆく。

サクマさんが抽選に当たったので、今日は普通は入れない特別席に座れるのだ。

ゲートのところで、手の甲にみえないスタンプを押されて不思議な気持ちになる。

特殊なブラックライトを当てるとマークが浮き上がるのだそうだ。私の手にいったいどんなマークが？「ト」？

そこは巨大なホテルか空港のロビーのような空間だった。

お客さんも上品な老夫婦や若いカップルなどが多く、大きな硝子《ガラス》越しに落ち着いてレースを観ることができる。

だが、私は自分の席につくなり、異次元なひとはいないかな、と思って辺りをきょろきょろ見回した。

レーダーが回り出す。

うぃんうぃんうぃんうぃんうぃん。

いた。

スーツを着た中年の男性だ。

そのひとは直立不動の姿勢のまま、ツーコンツーコンツーコンツーコンツーコンツーコンツーコンツーコンツーコンツーコンと呟いている。

凄いなあ、と思いながら、その様子をみつめているうちに、はっと気付く。

もしや、ツーコンとは「痛恨」だろうか？

ならば、筋は通っている（のか？）。

他にも、食べ終えたタコヤキの皿らしいものを、顔の前にかざしている三十歳くらいの女性を発見する。真剣な顔で、じーっとみつめているのだ。どうも皿の底を「読んでいる」らしい。いったい何が書かれているのだろう。お告げ？

ギャンブルの破壊力は怖ろしい、と思う。

いったんはまったら、私もすぐにツーコン星人や皿読み星人の仲間入りをしてしまいそうだ。濃い人生には憧れるが、完全に異次元の住人になるのはやはり躊躇《ためら》われる。

そのとき、右後方から話し声が聞こえてくる。

男同士の二人連れらしい。ひとりがもうひとりに向かって「アニキ、アニキ」を連発している。

だが、何かがおかしいのだ。

そっと振り向いて、あっと思う。

年齢差が凄い。

ひとりは二十歳そこそこ、もうひとりは七十代くらいか。

たぶん五十歳以上は離れているだろう。

そして、さっきから「アニキ」を連発しているのは、推定七十代のひとの方なのだ。

若者はただ優しく頷いている。

このひとがこのひとの「アニキ」なのか、と思って、ふたりを見比べながら呆然《ぼうぜん》とする。

異次元の友情。でも、これは、なんだか、羨ましい。

どうして、羨ましいんだろう、と考えてみる。

「あのー、ほむらさん」

「え、う、あ」

「馬券、買われないんですか」

「あ、買います。買います」

＊

それから三つほどのレースで馬券を買ってみたが、まったくかすりもしない。サクマさんとイイヤマさんはそこそこ当てているようだ。達人スザキさんは、ポーカーフェイスで、勝っているのか負けているのか全くわからない。

サクマさんが私の惨状をみかねて、スザキにコーチを受けたらいいかもしれません、と勧めてくれる。

私は、お願いします、とダンディー・スザキの横に座らせてもらう。

スザキさんはにこにこしている。

何も知らない素人にあれこれ教えるのは面倒だろうに、スザキさんは馬の見方やレースについて、自分自身の体験談を織り交ぜながら丁寧に教えてくれる。ありがたいことだ。

そして、いよいよオークスの本番。

私は教わったことを思い出しつつ、さらに、最後は直観です、という言葉を信じて、四点の馬券を買った。

「スザキさんは、いかがですか」と訊くと、私はこのレースは買いません、と微笑んでいる。

え、買わないの？

ええ。

うーん、なんだかわからないけど、かっこいい。

オークスの結果は、今日初めての当たりになった。

電光掲示板をみつめる。

１００８０。

配当が一万八〇円。

万馬券だ。

私はけちくさく二〇〇円しか買ってなかったのだが、それでも二万一六〇円になったのだ。

わーい。

みんなに、よかったですね、とか、センスがある、とか、運がいい、とか、云われて上機嫌になる。

そのお金で、私は好物のバナナケーキを買って帰った。

＊

翌日、サクマさんからメールが届いた。


昨日はありがとうございました。

取材になったでしょうか。

最後に万馬券も当てていただいて、オチもついたことですし、原稿に仕上げていただければ幸いです。

追伸、あとで訊いたところ、あのとき、スザキもほむらさんのお隣でご説明をさせていただきながら、万馬券をとっていたようです。八〇〇〇円が一〇一万円ですって、凄い、というか、もう怖いですよね。


うーん、と私は思う。

一〇一万円って、一〇〇万超えてるじゃないか（当たり前）。

だが、あのとき、全くそんな雰囲気はなかった。

なかったのだ。

丁寧に説明をしてくれている間、スザキさんは終始穏やかで顔色ひとつ変えていなかった。

ダンディーだ。

魅せられて

あれは何年前のことだったか。

会社の後輩の女性が、結婚すると決まってから、みるみる綺麗になっていったことがあった。

スレンダーになって、顔色が明るくなり、髪がつやつやして歯が白くなる。

恋をするとあんなに綺麗になるんだなあ、と感想を述べると、同僚の女性社員に笑われた。恋をしただけで綺麗になるわけないでしょう、あの子はエステに通ってるのよ。

そのとき、私はブライダル・エステティックと云う言葉を初めて知った。

結婚式というピークに向けて、瞬間最高美人になるべく、時間とお金と努力を積み上げてゆく。そんなプロジェクトがこの世にあるなんて夢にも思っていなかったのだ。

反射的に、自分が知っているなかでいちばん近いものを連想する。

それは食べ物を制限し、走り込んで体重を落とし、腹に鉄の玉を落として鍛え、激しいスパーリングによってタイトルマッチへの闘志を高めてゆくボクサーの姿だった。

結婚式の当日、曇天のアスファルトに純白のドレスの裾を垂らしたそのひとは輝くように美しかった。

*

「結婚したくないってわけじゃないんです」とサクマさんは云った。

「はい」と私は云った。

「しないって決めてるわけでもないし」

「ええ」

「ただ、今は仕事が面白いし、あんまり考えられないだけなの」

「あ、はい」

なんだか、恋人同士のような会話だ、と思いながら私は云った。

「ウエディングドレスに対する憧れとかないんですか」

「うーん」

サクマさんは考えている。

「あんまり、考えたことないですね。ほむらさんはあるんですか？」

「峰不二子とか」

「峰不二子？」

「ウエディングドレスでバイクに乗るんです」

「乗りにくそうですね」

「勿論です」

「はあ……」

「あとメーテル」

「銀河鉄道999の？」

「ええ、黒いウエディングドレス。彼女は黒しか着ないんです」

「黒ですか」

「『死に別れて来た多くの若者への永遠の喪に服しているからだ、と鉄郎は思った』」

「はあ……」

結婚に対するピントのずれたコンビで、最高のウエディングドレスをみにいくことになって、私は下調べのためにウエディング関係の雑誌を開いてみた。

*

今、この時。最高にきれいな私でお嫁に行きます！

デコルテのあきを生かした華やかな花づかいを！

凛とした気品を感じさせる大人の花嫁のための色！


マシンガンのような「！」の連打に怯《ひる》む心を奮い立たせて読み進める。

やがてメインのページに辿り着く。

「花嫁のビューティプラン」だ。ここには、美しい花嫁になるための方法が、様々な項目に亘《わた》って書かれている。

第一章「手作りウエディングアイテム」、その１「ウエディングベア」。タキシードとドレスを着た熊の写真が載っている。

花嫁花婿の衣装を着たウエルカムベアを会場の入り口や受付に置きましょう。二人の代わりに招待客をお迎えしてくれます。

またお色直しで二人が中座するときに、ウエイティングベアとして二人の席に置いておく、というような使い方もできます。

？と思って、記事の中身を読んでみる。

1　頭にわたを詰める。

2　頭に耳を付ける。

3　顔を作る。

（以下つづく）

ふーっと気が遠くなる。

熊の「頭にわたを詰める」ことが、美しい花嫁への第一歩なのか。そして「頭に耳を付ける」ことが第二歩。

ここから花嫁が完成するまでの間には、一八七六歩くらいのステップがあるのではないか。遠い、余りにも遠い。

では、と思う。新郎はどうなんだろう。この完璧な花嫁に釣り合うために男性の方はどのような準備をすればいいのか。

私はどきどきしながらページを捲《めく》る。

が、ない。

この分厚い本のどこにも、「花婿のビューティプラン」についての記述がひと言もないのだ。

懸命に探した結果、ページの片隅に小さなコラムを発見する。

タイトルは「忘れないで！　新郎の身だしなみも大切」。

忘れないで？　新郎の身だしなみ「も」？　と思って、怪訝な気持ちになる。記事の内容はこうである。

新郎は、挙式の一週間ほど前に美容院や理髪店で髪をカット。直前すぎると、襟足の剃り跡が目立ってしまうことがあるので注意しましょう。

こんだけかい！　と思う。

　こんなことはバカボンのパパだって云っている。

　嘘ではない。子供の頃に読んだ『天才バカボン』の中で、パパは「わしのあたまは床屋に行って一週間目がいちばんかっこいいのだ」と云っていた。「これでいいのだ」と。

　美しい花嫁への道が遥かな銀河鉄道の旅だとすれば、花婿への道はサンダルで近所のａｍｐｍに行く程度だろうか。

　結婚式の主役は女性なんだなあ、と改めて納得する。新郎はバカボンのパパで充分なのだ。

＊

「本当にここでいいんでしょうか」と私は云った。

「ええ、地図によるとここ、ですね」とサクマさんは顔を曇らせた。

　おそろしく古いマンションだ。壁には沢山の蔦《つた》が絡まっている。看板などもなく、どうみてもお店が入っているようにはみえない。

本当にここに有名なウエディングドレス屋があるのだろうか。

いや、真に凄腕のドレス屋は、こういうところに潜んでいるものなのかもしれない、と思い直す。

私は伝説のウエディングドレスの作り手を想像する。

魔法使いじみた老婆の手はまるで枯れ木のよう、おまけにアルコール中毒でぶるぶると震えて、これで大丈夫なのか、と不安にさせる。しかし、純白の生地に向かったとたん、その瞳にうっとりと夢みるような光が浮かび、震えがぴたりと止まるのだ。

だが、彼女に仕事を依頼するのは簡単ではない。いくらお金を積まれても、どんなに偉いひとに頼まれても、意に添わない仕事は決して受けないのだ。ウエディングドレス界のゴルゴ13だ。

彼女に針を持たせるには、そのドレスを着る本人がたったひとりで足を運んでくることが条件だ。老婆はどろんと濁った目で依頼人をみつめて、或る質問を口にする。未来の花嫁たちに向かって繰り返されてきた、ただひとつの問い。

幸せになりたいか？

はい。

老婆は花嫁の目を覗き込む。アーモンドのようなその瞳の、妖《あや》しい光に気が遠くなりながら、未来の花嫁は思わずみつめ返してしまう。

老婆が、ふっと笑う。よし、その目に嘘はない。おまえを幸福にしてあげよう。あたしではなく、あたしのドレスが。ひひひひひ。


「ひひひひひ」

「ど、どうされました？」

「あ」

「ほむらさん、大丈夫ですか」

「ええ、大丈夫です」


私は空想を中断して、暗いエントランスに入る。

三人乗りの狭いエレベーターに乗った。

四階で降りて、部屋の番号を確かめてから、おそるおそる呼び鈴を押す。

扉が開いて出てきたのは、私と同世代くらいの柔らかい雰囲気の女性である。

あれ？　と思う。

老婆じゃない。

でも、このひと裸足《はだし》だよ。

「いらっしゃいませ、場所、わかりにくかったでしょう」

裸足の女性の優しい声に迎えられて部屋に入ると、そこは真っ白な世界だった。

白い天井、白い壁、白い椅子、白いテーブル、白いマネキン、白い服。白いスリッパ、白い羽根の靴。

壁の一面が鏡になっていて、他の三方には沢山の白いドレスたちが掛かっている。

ふとみると真っ白な壁に何かが埋まっている。

白いアンモナイトだ。

独特の雰囲気に飲まれて、ぼんやりしている私の傍らで、女性たちの熱っぽい言葉が交わされる。

しるくさてん

じょーぜっと

どれーぷ

たふた
ちゅーる
まーめいど
てぃあら
えーらいん
しーちんぐ
びすちぇ

白い空間を飛び廻る柔らかな単語たちを摑まえることができないまま、私は幸福の抜け殻のようなドレスたちをみつめている。

「ウエディングドレスを仕立て直して、赤ちゃんのおくるみにされる方もいらっしゃいます」
「真空パックで一〇〇年保管される方も」
「いつも一緒だった盲導犬とお揃いのドレスで、ヴァージンロードを歩かれた花嫁さんもいらっしゃるんですよ」

　断片的に耳に入ってくるエピソードの数々から、ウエディングドレスに対する女性たちの想いの強さを知る。

「では、御試着をどうぞ」

　そのひと言で我に返る。

「オードリー・ヘップバーンが着てたようなのはありませんか」とサクマさんが云った。

「映画のですか」と裸足の女性が云った。

「いえ、プライベートの方」

「あの、ピンクの？」

「じゃなくて、最初の結婚のときの」

「あ、白いミニですね」

「ええ、シルクの」

　なんか、めちゃくちゃ詳しいんですけど……。

　結婚とかドレスに全然興味なさそうなことを云ってたのに、と思う。

試着室から洩れてくる微かな笑い声。

私は取り残された気分で、ぼんやり峰不二子とメーテルのことを考える。

やがてカーテンが開いて、なかから純白の女性が歩み出す。

「おおっ」と思わず声が出る。

「いかがですか？」

「花嫁さんだ……」

あまりにもベタな感想が口から零《こぼ》れてしまう。

裸足の女性がヴェールを乗せる、と、雰囲気がいっそう厳かなものになる。

ヴェール、生まれてはじめて、と小さく呟いた花嫁は、鏡に向かって、その柔らかなレースをふわっと広げて、うふふ、ジュディ・オング、と嬉しそうに云った。

さっき、オードリーって云ってたのに、それに、ジュディ・オングに、ウエディングでもヴェールでもないでしょう、と私は思う。

さらにネックレス、イヤリング、長いグローブ、ブーケが、次々に手渡される。

それらをひとつずつ身につけてゆくにつれて、花嫁の顔色もどんどん桜色に上気してゆく。

綺麗だ。

本当に綺麗。

「嫁に来ないか僕のところへ、桜色した君が欲しいよ」という歌が、不意にあたまのなかを流れ出す。

それから「たとえどんなに離れていても、おまえが俺には最後のおんな」という歌が。

本気を出すと、私のあたまのなかは演歌になってしまうのか。

自分でも知らなかった。

結婚の神秘だ。

*

その数日後、たまたま古本屋で「家の光」という農村向けの雑誌をみつけた。昭和二十八年刊の「結婚特集号」だ。

そのなかに不思議な写真があった。昔風の披露宴の席で、畳の上に、新郎と並んで正座している新婦が白いヴェールを被っているのだ。勿論、彼女はドレスを着ているわけではない。白無垢《しろむく》ですらない。普通の和服である。

うつむいた女性の、着物にヴェールという姿の異様さに、何故か、強く胸をうたれる。

「貧しい時代の、花嫁の夢の全てが一枚のヴェールに込められているのだ、と鉄郎は思った」と私は思った。

夢のマス席

部屋で食後の黒酢を飲んでいると、サクマさんからメールが届いた。

次回の題材ですが、大相撲観戦はいかがでしょう。

ちょうど会社関係でマス席の券が一枚あるそうで、相撲好きの上司から「取材用にいいんじゃない？」と声をかけられたのです。

私は相撲に詳しくなくて、よくわからないのですが、初体験としては面白いのではないでしょうか。

ひとつのマスに四人まで入れるそうですので、その上司（クリモトといいます）も御一緒して、解説兼盛り上げ役を務められると思います。御検討いただければ幸いです。

ちなみにプログラムでは、下っ端の人たちの試合は四時頃から始まり、強いクラスが出てくるのが五時半くらいのようです。

六時に終わってしまうものらしいです。

光文社　文芸編集部　サクマミサト

「六時に終わってしまうものらしいです」って、サクマさん、本当に相撲を知らないんだなあ、と思う。やっぱり帰国子女なんだろうか。

まあ大体、女性は格闘系の競技に関心が薄いものではある。

大学生のとき、ガールフレンドとテレビでプロレスを観ていたら、「どうして丸いのを手に持ってないの？」と質問されたことがある。一瞬、何を訊かれているのかわからなかった。

「『丸いの』はグローブ、『手に持って』るんじゃなくてはめてるの、それにグローブをつけるのはボクシングだよ」と応えると、彼女は不思議そうに「じゃあ、これはなんなの？」と画面の猪木を指さした。

「これはプロレス。そのひとは『燃える闘魂』アントニオ猪木」と教えたが、「ふうん」と云われてしまう。

世の中には、猪木にビンタを貰って感激に涙ぐむ男子がいっぱいいるのに、と思う。

サクマさんも、あの子と同じようなレベルだろうか。

しかし大相撲と云えば日本の国技だ。プロレスやボクシングよりも少しは馴染《なじ》みがあってもいいのでは。

と云いつつ、私自身も最近は全くフォローしていないので、実は今の横綱の名前も知らないのだ。曙《あけぼの》と貴乃花のあとはどうなったんだっけ。

また生で格闘技を観た経験も、プロレスと女子プロレスをそれぞれ一度ずつに過ぎない。

一度は国技館で相撲を観てみたかったのだ。願ってもない機会である。マス席のチケットはなかなか手に入らない上に、お酒やら豪華なお弁当やらが出るらしい。そして帰りには持ち切れないほどのお土産。昔から庶民の間に伝わるマス席のお土産伝説だ。私は山のようなお土産を抱えてよろめく自分を想像しながら、「行きたいです」とメールを打った。


お引き受けいただけて嬉しいです。

ほむらさんが、お相撲をどうご覧になるか楽しみです。

ちなみに「下っ端」は「幕下、十両、三段目」などといい、「試合」ではなく「取組」ということを、編集部の同期に教えてもらいました。

光文社　文芸編集部　サクマミサト

そうそう「取組」。あと「強いクラス」は「三役」です。

サクマさんの、徹底的に相撲を知らない様子に奇妙な興奮を覚える。クールというかセクシーというか。私はそういう反人間的な雰囲気に弱いのだ。雨の日に傘をさすことを知らない少女とか。カルピスを原液のまま飲んでしまうお爺さんとか。

＊

国技館のロビーでサクマさんの上司のクリモトさんに紹介される。お洒落な髭を生やした、なんとなくラテン系っぽい雰囲気の男性だ。

簡単な挨拶のあとに、「いやあ、思ったよりおどおどしてないですねぇ」と、明るく云われる。何と応えるべきか、お礼を云うのも変だし、と迷っていると、「これ、どうぞ」と小さなものを手渡される。

ティッシュにくるまれたお金である。

お小遣い？　まさか。

クリモトさんはにこにこしている。

「マス席の担当者に渡す『心づけ』です。折角《せっかく》だから、ほむらさんから渡していただこうかと思って」

そんな習慣があるのか。

「心づけ」なんて生まれてから一度も渡したことないぞ。

「心づけ」が発生するのは、よく知らないが、日本旅館とか高級料亭とかだろう。そんな怖そうな場所には足を踏み入れたことがないのだ。やはり大人の世界にはそれなりの風習がセットになってるんだな、と思う。

うまく渡すことができるだろうか。不安だ。「心づけ」というシステムの曖昧さというか、不定型さにプレッシャーを感じるのだ。いつ、どこで、どうやって、幾ら（これは今回の場合考えなくてもいいが）渡すのが正しいのか。定まった答えのないところが怖ろしい。いっそのこと最初から料金に含めて欲しい。だが、それは許されないのだ。この不定型の揺れるシステム自体に、なんらかの通過儀礼的な意味があるのかもしれない。

クリモトさんから受け取った「心づけ」を胸ポケットに入れる。その瞬間から「それ」の存在が強く意識される。そこに「それ」があると思うと、胸が熱い。早く渡して楽になりたい。この熱さに耐えるのが大人なのか。

＊

チケットを手に、入り口のゲートを潜《くぐ》る。

大きい。

何が大きいかというと、切符を切る係のひとだ。元力士なのだろうか、館内の職員にはやたらと男性職員、それも巨体のひとが目に付く。さすがは国技館である。

特に凄いのは「総合案内」の男性だ。こんなに大きな人間をみるのは生まれて初めてだ。

デパートなどの「総合案内」にはきれいな女性がいるものだが、このひとは、一人でその四人分くらいはありそうだ。麻雀ができる。

その巨大な佇《たたず》まいは、なんというか、実に「総合案内」という感じがする。

私たちはまずお茶屋というところに寄った。そこからマス席まで案内して貰うシステムらしい。案内人のひとに、「心づけ」を渡すのか、それとも担当者は別にいるのか、迷いながらとことことあとについてゆく。

見回せば土俵の周りで働く人々も男性ばかりだ。

彼らの背中にはスポンサー関係と思われる様々な文字が入っている。「なとり」「紀《き》文《ぶん》」などは妙に雰囲気に合っているが、呼び出しの背中に「MALT'S」とか「ＪＣＢカード」と書かれているのは異様な感じだ。

「お席はこちらです。のちほど担当者が参りますので」と云って、案内のひとは去る。

「心づけ」を握り締めていた指の力が抜ける。

靴を脱いで、夢のマス席に座る。ペタ、パチ、ポコ、ペキ、という異音に顔をあげると、土俵がすぐそこにあって驚く。力士が体を叩いているのだ。

＊

星取表と紹介パンフレットを参考にしながら観戦する。

外国人力士の多さが目立つ。モンゴル、ブルガリア、ブラジル、ロシア、韓国、グルジア、国別にみて、これだけの力士が幕内にいるのだ。いつの間にこんなに国際色豊かになったのだろう。日本人の力士も殆ど知らない名前ばかりだ。

「ブルガリア出身の『琴欧州《ことおうしゅう》』は、化粧回しも『ブルガリアヨーグルト』なんです」と、クリモトさんが教えてくれる。へえ、と感心する。

しかし、いくら四股名《しこな》に出身地を付ける伝統とは云っても、「欧州」はちょっと範囲が広すぎるんじゃないか。仮に、私が外国で力士になった（？）として、「琴亜細亜《ことあじあ》」なんて呼ばれてもぴんと来ないだろう。やはり「琴埼玉」か「琴日本」くらいじゃないと。彼の場合も、せめて「琴振牙（ことぶるが）」にしてあげればいいのに。

そんなことをぼんやり考えていると、マス席の担当さんがやってくる。

私は「心づけ」を握ってぎんと身構える。いきなり渡すのも無粋か、と思って、タイミングを測っているのだが、担当さんは、そんなことお構いなしに、どんどん食べ物を手渡してくれる。

かきピー、温室みかん、おしぼり、枝豆、オードブル、ビール、甘栗（箱）、甘栗（袋）、幕の内弁当（二段）、饅頭《まんじゅう》、焼き鳥（箱）、焼き鳥（小さい箱）、おみやげ相撲あんみつ。これがそれぞれ四人分で×４だ。

私はそれらを次々に受け取ってはマス席に並べていった。辺りは食べ物で溢れかえり、テイッシュに包んだお金は、掌のなかでよれよれになってしまった。

担当さんの帰りがけにやっと、「心づけ」を渡すことに成功する。緊張の余り「あっ、あの、こっこっこっこっこ」と、ニワトリのようになってしまった。でも、とにかく渡せたのだ。生涯初の「心づけ」を。ほっ。これでやっと土俵に集中できる。

＊

一際《ひときわ》大きな歓声が上がる。

高見盛《たかみさかり》の登場だ。

凄い人気である。

そういえば、以前、「一日お父さん」をやったときに、四歳のチイちゃんも「『タクヤとタカミサカリ』が好き」って云ってたっけ。このひとがキムタクと並ぶほどの人気者なのか。

「この取組には、味ひと筋の永谷園《ながたにえん》、鮭茶漬けの永谷園、梅干し茶漬けの永谷園、ならびにタラコ茶漬けの永谷園から懸賞があります」と、館内放送が流れる。

「お茶漬け」が食べたくなる。

高見盛がばしばしと全身を叩いている。これが有名な気合い注入か。

「が〜んば〜れが〜んば〜れ、はっはっはっは」と、隣のマスのお爺《じい》さんが笑っている。

はっけよーい、のこった、のこった。

おっ、おっ、おっ、おっ、おっ、と身を乗り出すような激戦の末、白鵬《はくほう》の勝ち、と思った瞬間、審判の手が上がった。「ものいい」だ。

「只今《ただいま》の協議についてご説明致します。軍配は東方白鵬に上がっておりますが、白鵬の足が先に出ており、協議の結果、行司指し違いで高見盛の勝ちといたします」

館内、大歓声だ。

「が〜んば〜ったが〜んば〜った、はっはっはっは」と、隣のマスのお爺さんが笑っている。嬉しそうだ。

取組が進んで、上位にいくにつれて、力士の体がきれいになっていく。一般人の体型とは別種の基準で、しかし確かにきれいになっていくように感じられるのだ。

魁皇《かいおう》という力士がかっこよかったので、「魁皇かっこいいね」と云ってみる。が、サクマさんは、きょとんとしている。どうやら、外国人力士と背中に毛の生えた力士以外は、全く見分けがつかないらしい。

取組以外でいちばん驚いたのは、あたまのとんがった審判がいたことだ。

「あ、あれは……」

「シリコンでしょう」

クリモトさんが教えてくれる。

ああ、そうか。

身長が入門基準の一七三センチに足りなくて、それでも、どうしても力士になりたいひとが、手術であたまにシリコンを入れるという話は聞いていた。が、実物をみてびっくりする。あんなに盛り上がるものだったのか。

「あれはドーピングとは違うんですか？」とサクマさんが冷静に、とんちんかんなことを云う。

「うーん」とクリモトさんが考え込む。

「シリコンとドーピングは違うんじゃないかなあ。あたまをとんがらせても武器にはならないでしょう」

「でも、入門さえしてしまえば、あのとんがりはもう要らないんですよね」

「それは、まあそうですね」

「それに彼は既に現役を引退した親方なんだから、シリコンは抜いてもいいのでは？」

サクマさんはあくまでも論理的だ。

「あんなに苦労して入門して、頑張って親方にまでなったんだから、青春の勲章としてあのままにしてあるんじゃないかな」と私も意見を云った。

「うーん」

サクマさんは首を捻《ひね》っている。納得がいかないようだ。

熱戦のうちに取組は進んでゆく。

結びの一番は朝青龍《あさしょうりゅう》対垣添《かきぞえ》である。

朝青龍がはたき込みで垣添を下して、本日の取組の全てが終わった。

弓取り式の弓がひゅんひゅんと空間をかき回すのをみながら、私たちは沢山残った食べ物を袋に詰めて席を立った。

出口に向かう途中、売店の前でサクマさんが立ち止まった。

「力士の香りの鬢付油《びんつけあぶら》」という貼り紙をみて首を捻っている。

「鬢付油が力士の香りなんじゃなくて、力士が鬢付油の香りなのでは？」とサクマさんが云った。確かに……。相撲界は謎に充ちている。

お茶屋に寄って念願のお土産を貰う。残った食べ物と一緒に運ぼうとしてよろよろする。満足だ。人混みのなかを抜けて外に出ると、辺りは既に暗く、櫓《やぐら》の上から太鼓の音が怪しく響いていた。

＊

家に帰ってから、お土産の包みを開けてみる。相撲小鉢にレーズンビスキー、バームクーヘン、チーズタルト、それにあられだ。とても食べ切れそうにない。

それから、あのシリコンの親方のことが気になって、「親方、とんがりあたま」のキーワードでネット検索をかけてみる。ちゃんとひっかかって、以下のような説明が現れた。

「頭のとんがった審判委員は元大関大受《だいじゅ》の朝日山《あさひやま》親方。頭にシリコンを埋めて新弟子検査に合格したが、当時の医療技術では一度埋めたシリコンを再び取り出すことができずそのままになってしまった」

そうか、と思ってショックを受ける。「抜けばいいのに」とか「青春の勲章」などと軽く云い合ったことを後悔した。

パラサイトシングルマン、部屋を探しに

初秋の或る日、私は花荻窪《はなおぎくぼ》の駅に降り立った。

花荻窪は荻窪の隣にある。反対側のお隣は吉祥寺《きちじようじ》だ。吉祥寺には、楳図《うめず》かずお、水島新司、大島弓子、山岸凉子、大友克洋《かつひろ》、いしかわじゅんなど沢山の漫画家が住んでいる。

その隣駅である花荻窪はアンティーク屋と古本屋の多い町で、学生の頃からときどき遊びに来ていた。だが、今日の私はいつもより緊張している。遊びではなく、部屋を探しに来たからだ。

数カ月前に、サクマさんと恵比寿のモデルルームをみにいったことがあったが、勿論五〇〇〇万円の部屋を本当に買うつもりはなかった。しかし、今回は本番なのだ。買うのではなく借りるだけだが、それでも本番には違いない。私にとっては、接着剤で貼り付けたかのように進まない人生双六の駒を進める大事業だ。

私はいわゆるパラサイトシングルで、これまでずっと実家住まいだった。家を出たのは北海道の大学に通っていた二年間だけだ。何故、四年間ではないかというと、中退して帰ってきたからである。

札幌の二年間は、大学の近くの部屋をクラスの友達とシェアして住んでいた。それは学生らしい気楽さで「生活」とはとても呼べない暮らしだった。冷蔵庫はコンセントを挿してなかったので、単なる「箱」になっていた。

だが、今度はそういうわけには行かない。ちゃんと「生活」するための部屋をみつけなくてはいけないのだ。私にそれができるだろうか。

もう四十二歳なんだからできる筈だ、もっと若くても誰でもやっていることだ、などと胸のなかで唱えつつ、心は不安に揺れている。

本当は、年齢は関係がないのだ。目の前の現実をひとつひとつこなして生きることは、若くてもできるひとにはできる。年をとってもできないひとにはできない。どうしてそうなのかはわからないが、今までの人生でそのことは痛感している。

現実のなかで生きられない人間も、だからといって死んでしまうわけではない。現実とは少しずれた時空間で、ずれたまま生きてゆくのだ。

現実のなかできちんと「生活」を送っているひとは、ずれた世界の存在を意識することはない。

だが、ずれた世界で生きている人間は、現実を意識しないままではいられない。どうしても必要に迫られて現実に近づかなくてはならないことがあるのだ。そのとき、彼（または彼女）はストーブに触ろうとするかのような恐怖を感じることになる。今日の私には不動産屋のドアが巨大なダルマストーブの入り口に思える。

どの町に住むかについては迷わなかった。

私は散歩が好きで、暇さえあれば東京中の色々な場所をふらふらと歩き回っている。会社が終わってからになることが多いので時間帯は殆ど夜だ。

夜の住宅地を歩いて、明かりの灯《とも》った窓に映る上着の影をみたり、偶然みつけた古本屋で本を買って、喫茶店で読んだりすることが、私には異様に楽しく感じられる。

ただの散歩がそんなにも甘美に思えるのは、自分が現実からずれた世界に生きていることと関連しているように思う。「保険」や「株」や「選挙」や「団欒」や「合コン」や「バラエティ番組」から隔てられた人間に、神様が与えたささやかな喜びが散歩なのではないか。

無数の散歩体験の結果、住むなら花荻窪がいいと以前から思っていたのだ。ここには夜中までやっている古本屋が沢山ある。夜の十時から古本屋に行きたくなって、五軒以上回れる町は他にない。

友達にそう云ったら、そんな理由で……、と呆《あき》れられた。だが、夜中の古本屋は私には天国のように思えるのだ。

「でも貴方はその町で『生活』をするのよ。『散歩』じゃなくて」と云われて、怖ろしくなる。

「それに『お隣の吉祥寺は漫画家が沢山住んでいる町』っていう捉《とら》え方も、ちょっと変だと思う。もっと他に挙げるべきことがあるでしょう」

鋭い指摘に思わず目を閉じる。

だが、私にとっては、そこに楳図かずおや大島弓子が住んでいるという事実以上に重要なことは思いつかない。思いつかないのだ。

瞼の裏が熱く震えて、またしてもあの歌が心のなかに流れ出す。

もう他人同士じゃないぜ
あなたと暮らしていきたい
〈生活〉といううすのろを乗り越えて

（「情けない週末」より）

私は「生活」がこわい。

＊

花荻窪のメインストリートを歩きながら、私は汗ばんでいた。

何故なら道の両側が不動産屋だらけなのだ。それまでは自分に無縁のものとして、全く目に入っていなかったのだが、そのつもりでみてゆくと、軽く二十軒くらいはありそうだ。どうしてこんなに沢山の不動産屋が共存できるのか。全く見当がつかなくて、何か、空恐ろしい感じがする。

このなかのどこに入るかで、その先の運命が変わるのだ、と思うと、近づく勇気が出ない。運命の扉が具体的なかたちになってみえてしまうと、こわくてそれを開けられないのだ。

さっきから同じ道を何度も往復している。

時折、不動産屋の窓にふわふわと近づいて硝子に貼ってある物件をみるのだが、慣れていないので、間取りをみても具体的にあたまに浮かんでこない。相場を知らないので、高いのか、安いのか、わからない。その物件が、いいのか、悪いのか、普通なのか、摑めない。この期《ご》に及んで、まだ自分に関係あるものという感じがしないのだ。

馬鹿者、関係があるどころかそこに住むんだぞ。そのための部屋を、とにかくみつけなくてはならないのだ。当事者意識を持て。臨場感を高めろ。

思い切って一軒の不動産屋に入ってみる。

若い店員がお客らしき女性と向かい合って話をしている。ちらっとこちらをみたが、何も云わないで話し続けている。他には、店員らしきひとの姿はない。

私は曖昧に辺りをきょろきょろして、しばらくふたりを眺める。またきょろきょろして、壁に何かの賞状が掛けてあるのに気づく。それからもう一度きょろきょろして、突然、店を飛び出してしまう。

駄目だ。待っていられない。ふたりの話が終わるまで待つという、それだけのことができない。待っている時間が熱湯のように熱いのだ。

だが、今日はこのまま引き下がるわけにはいかない。今度こそと思って、歪んだ顔のまま別の扉に突っ込んでゆく。

＊

「いらっしゃい」と店のおばさんは云った。

「あっあ」と、私は云った。

ひどい挨拶だ。だが、おばさんは動じない。

「お部屋ですか」

「あ、あい」

「ご希望は」

「じ、十万円くらいで、駅からはちょっとくらい遠くてもよくて……」

私は歩きながら考えてきたことを一気に口走った。それ以外はなにも考えがないので、訊かれても困るのだ。

おばさんは物件の記されたファイルを捲って、いくつかの紙の束を私の前に置いた。

「今、ご覧いただけるのはこんなところでしょうか」

「ありがとう」

私は一枚ずつそれを眺めてゆく。

こっちとこっちではこっちが広い。

こっちとこっちではこっちが新しい。

こっちとこっちではこっちが駅に近い。

こっちとこっちではこっちがオートロック。

こっちとこっちではこっちがガス台の数が多い。

こっちとこっちではこっちが宅配便ボックスがある。

より良いと思う方をみていくと、家賃が少しずつ確実にあがっていく。一旦いいものをみてしまうと、そこから希望を下げるのが難しい。

たまに安い物件があって、訊いてみると、安さには必ずそれなりの理由があるのだった。私は「現実」の精密さを感じた。

何枚もの紙を前に私がくねくね迷っていると、「では、幾つかご案内しましょうか」とおばさんが云った。

「お願いします」と応えると、彼女は電話を一本かけてから車を用意してくれた。

おばさんの運転する車で最初の部屋に到着する。そこにはもうひとりのおばさんが待っていた。どうやら別会社の担当者のようだが、私にはその辺りの連携の仕組みがわからない。

新しいおばさんが先に立って、部屋を案内してくれる。

電気を点けると、リビングが浮かび上がる。

なかなかいい感じだ。

広さも充分。

綺麗に仕上げた内装が印象的である。

だが、どこかが変だ。

何か、足りない気がする。

なんだろう。

わからない。

おばさんが、その部屋の良さを自然な口調で説明し始める。

私は違和感の理由がわからないまま、幾つか質問をしてみる。

「音は響きませんか？」

「鉄筋で壁も厚いですから大丈夫です」

「駅からは……」

「大体、五分くらいですね」

「大家さんは」

「お隣の家がそうです」

ああっ、と突然気づく。

この部屋には窓がない。

最初におばさんが電気を点けたとき、微かな違和感があった。だが、その後は明るくなったので気づかなかったのだ。

「で、でも、この部屋、窓がないですね」と私は慌てて云った。

「そうなんですよねー」とおばさんはにっこりする。

「でも、隣の部屋にはありますよ」

いや、そういう問題じゃないでしょう。

危ないところだった。

「窓がないのは、ちょっと」と私は云った。

説明のおばさんはにこにこしている。

「では、次に行ってみましょう」と最初のおばさんがあっさり云って、私たちは車に乗り込んだ。

私はぼんやり考える。

窓がないことを最初に教えてくれなかったのは、わざとなのか。それともそんなのは誰でもわかることだから、云わなかっただけか。すぐに窓のことに気づかない私がとろいだけなのか。

説明係のおばさんを乗せないうちに車が発進してしまったので、あれっ、と云うと、彼女は自転車でついてきます、とのことだった。

そ、そういうものなのか。

*

次の物件は呉服屋さんのビルの八階だった。

エレベーターで上がってゆくと、ドアの前で、説明員のおばさんが微笑んでいた。

自転車で車の先回りをしていたのか。

その脚力というか、執念に、凄みを感じる。

「どうぞ」と云われて、一歩入った瞬間に、おおっと思う。

なんて明るい。

いい感じだ。

窓が広くて、作りつけの棚が格好いい。

窓が広くて、作りつけの棚が格好よくて、それから、えーと、あと何をチェックすればいいんだっけ。

私は事前準備の足りなさを痛感する。

同時に、この世界からずれているという自分の主張に疑いを抱いてしまう。ずれていないひとはちゃんとそれなりの努力や準備をしているだけかもしれない。世界からずれているというのは、実はその努力をしたくない怠け者の、単なる云い訳なんじゃないか。

今までに何度となく襲われた自己嫌悪がぶわわーんと膨らんできて、押し潰《つぶ》されそうだ。

だが、今はそんな場合ではない。あとでゆっくり潰されよう。

開き直って私は訊いた。

「この部屋の欠点は、強いて云えばどこでしょう？」

説明員のおばさんが苦笑する。

「それを私が云っていいのかどうか……、そうですねえ、まあ、照明が暗いとおっしゃる方はいますね」

云われてみると、確かに天井のバーにお洒落なライトが付いてはいるものの、明るさは足りないかもしれない。だが、そんなのは照明を買ってきて増やせばいいだけの話だ、と考えつつ、もしかすると、このひとはわざとフォロー可能な欠点を云ってるのかもしれない、と思う。

全く欠点がないというのは不自然だから、致命傷にならない程度の問題点を敢えて口にする。それくらいのことはやりそうだ。

だが、私の現実対応能力では、そのレベルでのやり取りは到底できそうもない。疑いだしたらきりがないのだ。

もう、いい。

自分の第一印象を信じよう。

「ここでお願いします」と、私は云った。

「ええっ？」と、ふたりのおばさんが同時に大声を出した。ひどく驚いた顔をしている。

それまで終始にこやかに落ち着いていたおばさんたちのその反応をみて、激しい不安に襲われる。

借りるためにみている部屋を「借りる」と云っただけで、そんなに驚くなんて……。

何か変なことでもあるのか。

だって、ここ、窓もちゃんとあるし、作りつけの棚が格好いいのに。

私は混乱した。

もう限界だ。これ以上現実の現場に踏みとどまって戦うことはできそうもない。あっちっちあっちっち。

一刻も早くこの場を去って、古本屋に行きたい。

＊

「それで、二軒目で決めちゃったんですか」とサクマさんは驚いたように云った。

「しかもそんな狭い部屋を」

「い、いや、でも、窓が広くて、作りつけの棚が格好よくて……」と私は弁解した。

内心ひどく狼狽《うろた》えている。

狭い？

狭かったのか、あの部屋？

「だって、ふたりで住むんですよ？」と呟くサクマさんの眉根に深い皺が寄っている。

私はがくっと首を垂れた。

木星重力の日

こういうとき、ネクタイは要るのだろうか。

迷いながら、鏡に向かって、何度も結んだり解《ほど》いたりを繰り返して、結局、ネクタイは締めないことにする。

こういうとき、シャツの裾はズボンの中に入れるのだろうか。

迷いながら、何度も出したり入れたりして、結局、シャツの裾はズボンに入れることにする。

こういうとき、ベルトは締めるのだろうか。

迷いながら、何度もベルトを……、ああ、こんなことやってたら、いつになったら家を出られるかわからない。

悪い魔法使いによって呪《のろ》いをかけられた王子のように、今日は「服を着る」というただそれだけのことが酷《ひど》く難しい。

重力が地球の二・三七倍の木星では、どんなスポーツ選手でも身体の自由を奪われて動きがのろくなるというが、こんな感じだろうか。

私は焦ってベルトを腰に巻きつけると靴を履いた。

まだ九時半だ。

約束の時間より二時間以上前についてしまいそうだが、万が一にも遅れては大変だ、と思って車に乗り込む。

外環の草加インターから高速に乗って、追い越し車線を走り続ける。

寝癖を気にして、ときどき片手で髪を撫でつける。

その手が氷のように冷たい。

緊張しているのだ。

*

関越の川巻平インターで高速を降りる。

十時半。約束の一時まで二時間半ある。よし。この間にデパートで何かお菓子を買うのだ。

相手の地元で手土産を買うというのも間の抜けた話だが、私の地元には草加せんべいくらいしかない。今日という日に、草加せんべいというのは、なんだかムードに欠けるような気がする。せんべいじゃなくて、草加マドレーヌがあればよかった。変か。まあいい。この際、何をもっていくかが問題じゃなくて、とにかく手ぶらでなければいいのだ。

国道沿いにハルヒロという妙な名前のデパートがあったので、その駐車場に車をとめる。

地下のお菓子売り場に行くと、そこにはありとあらゆるものが揃っている。

よし、マロングラッセだ、と思う。

私は栗が好きなのだ。いや、私が好きでも意味がない。相手の好みが大事なのだ。栗はどうだろう。彼女との会話の中で、お父さんが栗嫌いとか、お母さんが栗アレルギーとかいう話が出たことはなかったろうか。

懸命に考えるが、思い出せない。思い出せないということは、まあ大丈夫なのだろう。世の中には栗嫌いのひともいないわけではないが、納豆嫌いやセロリ嫌いに比べれば割合的にはずっと少ない筈だ。

そこでこわいことに気づく。彼女はどうだ？　栗、嫌いじゃなかったか？

むしろ、そっちの方が致命傷になる可能性がある。初めてお会いする御両親の好みがわからないのは、ある意味仕方がない。だが、恋人が栗嫌いなのに、マロングラッセをもってくる男というのは、まずいだろう。

「君、うちの娘は栗、苦手なんだがね」と、お父さんに云われるところを想像して、さらに手が冷たくなる。栗、栗、栗、栗、駄目だ。彼女が栗に対してどういう感情をもっているか、どうしても思い出せない。

でも、食べ物の好き嫌いを把握できていないことと、恋人に対する愛情の有無は別だ。いや、ここでそんなことを云っても駄目だ。そんな理屈を捏《こ》ねても、決して好印象にはならない。今日は理屈の正しさよりも好印象が優先だ。

メールで訊いてみようか、とちらっと思う。だが、このタイミングで「栗は好きですか」というメールがきたら、はあ？　と思うのではないか。

何もどうしても栗でなくてはいけないものでもない。彼女が絶対に嫌いではないことが確かなものを、このデパート全体の中からひとつ選び出せばいいのだ。そう考えて心を落ち着ける。

栗以外栗以外と思いながら、フロアを歩きながら左右に目を泳がせる。和菓子、か、駄目だ。お母さんがお茶の先生だときいている。生兵法は大怪我《けが》のもと。和ものは避けた方がいいだろう。アイスクリーム、というのも季節外れだし、ケーキ、は幾分カジュアルに過ぎる。

ここでセンスの鋭さをみせる必要はない。今日はセンスよりも好印象。攻撃よりも守備が優先だ。無難に無難に守備的に。とにかく失点を避ける方向で。いちばん無難なのは、うーん、クッキーか。よし。

「すみません。このクッキーの詰め合わせをひとつください」

店員さんに声をかけて包んで貰う。

クッキーの入った紙袋を手にして、ほっとする。

なんだか、この段階で既に自分の全能力を使い果たしてしまった気がする。

父「君の全能力はそんなに低いのかね」
ほ「い、いえ、そんなことはありません、お父さん。いつもはもっと決断力があって行動力もあって、でも、今日はたまたま悪い魔法使いが僕の身体を木星っぽい重力で包んでしまったので、あたまが鈍くなってしまったんです」
父「……」
ほ「……」

父「今、なんて云ったのかな」
ほ「わ、悪い魔法使いが……」
父「魔法使い……」
ほ「ええ」
父「……」
ほ「……」
父「土星っぽい重力で君を……」
ほ「あ、木星です」
父「木星……」
ほ「ええ」

あたまのなかで想像上のお父さんとの対話が進んでゆく。大丈夫だ。大丈夫。僕は落ち着いているぞ。ユーモアもある。ユーモアは好印象だ。

ほっとしながら足下をみて、愕然《がくぜん》とする。靴が汚い！

ぬわわわわわ。

なんということだ。

慌ててしゃがんで、磨き上げる。

よし、光った。

靴が光った。

光った、光った、と呟きながら駐車場に戻る。

＊

クッキー入りの紙袋を提げて、ぴかぴかの靴で、彼女に描いてもらった地図をみいみい歩く。

その家の前に立って、何度も表札を確認する。

ここだ。

深呼吸をする。

すうはあすうはあすう。

おそるおそる呼び鈴に指を近づける。

熱ッ！

人差し指が燃えあがる。

燃あああああああああああああああああっ。

慌てて、指を握って気づく。

なんともない。

幻覚か。

そんなにもびびっているのか、俺は。

二度目の呼び鈴はちゃんと押すことができた。

玄関で簡単な挨拶をして、クッキーを渡す。御両親はにこにこしている。私もにこにこする。彼女はすました顔をしている。

それから、まあ、お昼御飯でも、と云われてみんなで卓につく。

お父さんと向き合って座り、当たり障りのない話をしていると、次々に、おいしそうな手料理が運ばれてくる。

凄い。

御馳走だ、と思いつつ眺めている。

どきっとする。

魚だ。

うねうねと焼き上げられた。

これはたぶん鮎とか、よくわからないが、そういうタイプの繊細な魚だ。このなかには数百本のほそーい骨が縦横無尽に張り巡らされているのだ。

まずい、と思う。

私は箸の扱いが下手くそなのだ。

普段は拳骨《げんこつ》に箸を突き刺したようなかたちで御飯を食べている。今日はアリバイ的に中指を挟むつもりだが、それは正しい箸使いをかたちだけ真似たもので、実際に機能させることはできない。ダミーなのだ。

こんな魚をきれいに食べることは到底不可能。

救いを求める気持ちで、隣席の彼女の様子を窺うが角度が悪くて表情がみえない。お母さんの方をちらっとみると、微かに目が笑っているような。まさか、これは、試験なのか。魚をきれいに食べられるかどうかで、私の箸の使い方とか、育ちとか、魂が測られるのだろうか。

僕が食べると、これ、ぐちゃぐちゃになりますよ。

そう思って、魚をみつめる。

骨と皮が無惨に散乱した未来の姿がありありと脳裏に浮かぶ。

どきどきしてくる。

この未来は絶対の必然か。

いや、避けられる。まだ起きていないことなんだから、避けられる筈だ。考えろ。考えるんだ。

この未来を避けるには……。

私は、目の前の魚に向かって静かに決意を固める。

丸飲みだ。

一同の隙をついて、魚の頭以外の部分を全部飲み込むのだ。

そうすれば、少なくとも結果的には「きれいに食べた」ことになる。

ちょっと違和感はあるが、ぐちゃぐちゃを晒《さら》すよりはいいだろう。もしも、「あら、骨が……」とお母さんに見咎《みとが》められたら、こう云おう。

「いやあ、ぼく、魚の骨が大好きなんです」

「まあ、では、よかったら、みんなの分も」

とは、まさか云われまい。

予《あらかじ》め台詞《せりふ》を心のなかで繰り返してみる。いやあぼく、いやあぼく、いやあぼく。

食事が始まった。

緊張のあまり味がわからない。

表面上穏やかに相槌を打ちながら、丸飲みのタイミングを測るべく、そっと周囲の様子を盗みみる。

あれ？

みんなの魚が、意外と、これは、割と、なんか、ぐちゃぐちゃだ。

ほっとする。

きれいに食べられないのは、僕だけじゃないんだ。

が、一応、魚の半分ほどを骨ごと飲んでおく。

半丸飲みだ。

残りの皮などを不自然でない程度に散らして、あとを整える。

偽装工作完了。

どうだろう。

これで。

どうだ。

なんか、もう、よくわかんないよ。

どうして、僕はここでこんなことをしているのか。人目を盗んで魚を半分飲んだり、そのあとをほどほどに整えたり。

馬鹿。

考えるな。

考えるのは後だ。

今はただ、とにかくここを無事に切り抜けるんだ。

飲め飲め飲んじまえ。

魚でもなんでも。

レッツゴー好印象。

ファイン・サンキュー。

＊

とうとう食事が終わって、お茶の時間になる。

木星の重力のなかでは全てが困難な作業と化して、私のエネルギー残量は急速にゼロに近づいていた。

だが、実際にやったことと云えば、お土産を渡して魚を飲んだだけだ。

このまま帰ったら、ただ遊びに来たことになってしまう。

それは困る。
彼女のドレスもみにいった。
ふたりの部屋も探した。
でも、まだ最大の難関が残っている。
なんとしてもあれを切り出さなくては。
だが、決定的なタイミングを摑めないまま、時間が流れてゆく。

＊

ふと沈黙が訪れる。
その場の全員の喉仏がごくりと微かに動いたような、一瞬。
今だ、と思う。

「お嬢さんと結婚させてください」
早口で云って、思いっきり、あたまを下げる。

何も、起こらない。
何の、音もしない。
静か、だ。
……。
……。
……。
……。
汗が目に入ってくる。
誰の声も聞こえない。
どきどきしてくる。
どうしたんだ。
静か過ぎる。
何が起きたんだ。
なんなんだ。
誰か。
なんとか云ってくれ。

世界はどうなった。
我慢できなくなって、恐る恐る顔を上げてみる。
そーっと。
目の前で、お父さんとお母さんが深く深くあたまを下げていた。

あとがきにかえて

どうもありがとう。
あなたのおかげで人生が変わりました。
燃えさかるストーブのように怖ろしかった現実に、
数秒間なら触《さわ》れるようになったのです。
近所のひとに挨拶をしたり、ハーブの鉢に水をあげたり、
毎朝顔を洗ったり、現実の暮らしは幸福で新鮮な夢のようです。
こわくない現実は夢に似ているのかもしれません。
ただ、ひとつだけ心配なことがあるのです。
それは僕の目の前で微笑んでいるあなたの笑顔が眩しすぎること。
その笑顔をみていると、なんだかあなたが本当はいないいないような気がして。
で、つい光文社に電話をしてしまったのです。

文芸編集部にそういう名前のひとはいないそうです。
では、あなたは誰なんでしょう。
天使？
まさか。
この世に天使など存在する筈がありません。
今夜、あなたが眠ったあとで運転免許証を調べてみるつもりです。

現実世界にて　穂村　弘

二〇〇五年二月

解説

江國《えくに》香織《かおり》（作家）

すこし前に初めて知った言葉があって、それは「つぼった」という言葉だった。何人かでお酒をのんでいる席で、四十代の男性編集者が口にした。

つぼった！

私はつい復唱した。文脈から察するに、「つぼにはまった」「つぼに入った」「つぼに来た」というような表現の、短縮版であるらしい。新奇だ。

その男性編集者はもうそんなに若くない（というか、私と同い年な）のに、いかにもイマドキな感じのその言葉を、ごく自然になめらかに発音した。新しい言葉を知っているだけの人を、私はべつに立派だと思わないのだが、使いこなしている人はすごく立派だと思う。それは、使いこなすにはその言葉の意味や用法だけじゃなく、気分も知る必要があるからで、言葉の持つ気分を知ることは、つねにいいことだと思っているからだ。

そういうわけで、私はすっかり感心してしまった。

「その言葉、いつごろ憶えたんですか？」

尋ねると、男性編集者は一瞬驚いた顔をした。それから照れくさそうに笑って、

「いやだな、江國さん、そんなのみんな知ってますよ」

と、言った。私たちのあいだにはテーブルがあり、テーブルには巨大な船盛りのお刺身が、どかんとのっかっていた。

穂村さんは——。お刺身を見つめながら、そのとき私は思ったのだった。穂村さんは、この言葉を御存知だろうか。こんなふうに自然になめらかに、使いこなしているのだろうか。


穂村さん、などと親しげに書いた（というか、そのときは胸の内でほとんど呼びかけたのだ）けれど、お目にかかったことはない。『現実入門』という本を読んでいなかったら、繊細そうで物識りそうで、物静かそうだけれど怜悧にも違いない、こわれやすそうな風情の知らない人に、胸の内でとはいえなれなれしく呼びかけたりは、しなかったはずだ。

『現実入門』という直截《ちょくせつ》的なタイトルのこの本は、「人生の経験値」の低い四十二歳

の男性「ほむらさん」が、これまで一度もしたことのないあれこれ——献血からはとバスツアー、合コンから占いからアカスリから部屋探しから、他にもいろいろ幾つもの、世間では多くの人が経験しているらしいこと——に挑戦し、その首尾を書きしるすというエッセイだ。どうしてもしなくてはならないことが、一つもないのがまず可笑《おか》しい。徹底して、みんなはしたことがある、知っている、という前提に立って書かれているので、みんなの一人であるはずの読者は、一見高見の見物ができる。なにしろ、「人生の経験値」の低さにおいては相当な自信のある私でさえも、献血とアカスリと大相撲見物、それに競馬と部屋探しはしたことがあるのだ。

でも無論、これはまったくの罠だ。なぜなら「世間」というものはつねにその人の外側にあるわけで、その人以外の世の中ぜんぶが世間なのだから、誰にとっても世間は永遠に未知の、おそろしい場所に決っている。

この本は私にとって、それこそ「つぼった」一冊だったのだけれど、それは初めて本屋さんで目にした瞬間に、認めたくないけれど予感ができた。『現実入門』というタイトル、そしてその下に手書き文字で記された、「ほんとにみんな　こんなことを?」という文言。どちらからも目が離せなくなった。それはほとんど誘惑だった。この本を読みたい。読んで笑いたい。でもそんなことをしてはいけない気がする——。

私は勘の鋭い方ではないが、この本に関しては、罠の存在を予感していたのだと思う。そして、そのことをなぜ認めたくないのかといえば、認めれば、それはこの本が私のつぼにはまったのではなく、私が穂村さんの思うつぼにはまったのだということを、認めることになるからだ。

それでも――。

落とし穴には落ちてみるべきだと私は思う。

嫌味のない文章と観察眼のよさ、そして会話の拾い方の妙。今回読み返してみて、私は自分がおなじところで何度でも笑うことにびっくりした。いちばん笑うのは「一日お父さん」の章で、いま読んでもまたまた笑うに違いない。私はほんとうにほんとうに、ここにでてくる姉妹の発言が大好きだ。

はとバスに乗っている人たちの在りようも、献血ルームのなかの様子も（とくに、置いてあるお菓子に「ほむらさん」が注目するところ）、読むたびに笑ってしまう。同時に何かがすこしこわくもあるのだけれど、周到な著者が読者をこわがらせるのではなく笑わせるように書いているので、抗《あらが》えずやっぱり笑ってしまうのだ（落とし穴、落とし穴）。だからこそ、たとえば作中で「ほむらさん」が友人から聞くエピソード

——うんと年をとったおばあさんの、手の指の途中から爪が生えてきたという話——に虚をつかれる。それもまた、はとバスや合コンとおなじくあたりまえの世間なのだ。

巧妙だなあ、と思うもう一つのことに、ここにでてくる「サクマさん」という女性編集者の、造形がある。「サクマさん」は「ほむらさん」の担当で、数々のチャレンジを手配し同行もする、いわば仕掛人なのだけれど、あくまでも及び腰の「ほむらさん」と違っててきぱきしている。大変歯ざわりのいいお菓子のような女性として描かれる彼女は、「ほむらさん」をゆるやかに——でも確実に——たきつけつつ、いつも「きらきら」した目で見守っているのだ。きらきらした目って、どういうのだろう。私は考える。それは架空の世界における現実の確かさなのか、現実世界における非現実の美しさなのか。

その彼女が大相撲見物のときに、「鬢付油が力士の香りなんじゃなくて、力士が鬢付油の香りなのでは？」と冷静に指摘する場面は印象的だった。おもしろいようなリアリティがあった。

そもそもこれは、リアリティをめぐって書かれた本なのだ。リアリティとは何か、経験がリアリティなのか、現実はリアルなのか。本のなかで、穂村さんも「ほむらさん」も、勿論そんなことを声高に問いはしない。どんなことも、声高に問うたりしない人たちなのだ。でも私は思う。「経験値」が低いことを彼らが誇っても恥じてもいないのとおなじように、「う」とか、「あ、はい」とか、「は？」とか、「うーん」とか、釈然としない言葉をぼそぼそ呟《つぶや》くだけみたいに見える彼らのその呟きは、余計なものを何もまとっていないという意味で、クリアだ。照れも含んでいなければ、ぼやきのためのニュアンスもなくて、困惑ですら、ほんとうはない。ただそこにあるものを確かめるための、投石としての呟き。しかも、その呟きは循環しているのだ。人間は奇妙だ、現実は奇妙だ、世間は奇妙だ、でもほんとうにそうなのか？

自分を信じて世間を疑う（あるいはその逆）などという、浅はかな二元構造に彼らはしない。かわりに両方疑うことで、無限大の困惑ループを出現させているのだ。読者はぐるぐるぐる困惑する。そうなのか？　そうかも。でもほんとうにそうなのか？

ぐるぐる、ぐるぐるさせられながら、可笑しい、おもしろい、と言ってどんどん読みすすむうちに、たとえば穂村さんが幼稚園の先生で、読者である私は上手に遊んでもらっている園児であるような気がしてくる。可笑しい、可笑しい、おもしろい、おもしろい、もっとぐるぐるしてちょうだい。

そして、恐怖とともにふいに思い知るのだ。世間が巨大な幼稚園みたいなものだということを。

まったく、思うつぼなのだった。

光文社文庫

現《げん》実《じつ》入《にゅう》門《もん》　ほんとにみんなこんなことを？
著者　穂《ほ》村《むら》　弘《ひろし》

2009年2月20日　初版1刷発行
2020年1月25日　7刷発行

発行者　鈴木広和
印刷　新藤慶昌堂
製本　フォーネット社

発行所　株式会社 光文社
〒112-8011　東京都文京区音羽1-16-6
電話（03）5395-8149　編集部
8116　書籍販売部
8125　業務部

落丁本・乱丁本は業務部にご連絡くだされば、お取替えいたします。
ISBN978-4-334-74548-6　Printed in Japan

JASRAC 出 0900741-907　組版　新藤慶昌堂
NexTonePB 第PB40699号